ACADÉMIE
DES
JEUX FLORAUX.

Ouvrages lus

dans la Séance publique

du 3 Mai 1806.

A TOULOUSE,

Chez Marie-Joseph DALLES, Imprimeur de l'Académie
des Jeux Floraux.

10 . C8

DISCOURS

D'OUVERTURE

DE LA SÉANCE PUBLIQUE

DU 3 MAI 1806,

CONTENANT

L'ÉLOGE DE CLÉMENCE ISAURE;

Prononcé par M. Jamme, Directeur de l'École de Droit, et Modérateur de l'Académie.

Oui, nous avons entendu les paroles du vainqueur d'Austerlitz. A peine du haut du char de la victoire, a-t-il annoncé à l'armée une grande fête pour les premiers jours de mai, que nous avons senti nos cœurs s'embraser du désir de nous pénétrer de ses grandes vues, et de solenniser cette époque glorieuse par une fête littéraire.

Tandis que l'homme le plus extraordinaire qui ait encore paru dans l'histoire, va déployer toute la splendeur qui appartient au souverain du premier peuple de l'univers, aux yeux de trois cents mille guerriers couverts des lauriers qu'ils ont cueillis dans les quatre parties du monde, et dont il a partagé les périls et les fatigues, les successeurs du corps antique des Troubadours ont cru devoir sortir

A 2

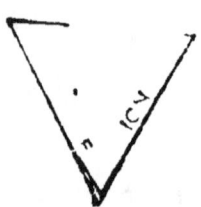

de ce long assoupissement que des circonstances impé-
rieuses leur avaient commandé, pour r'ouvrir l'ancien
temple des Muses, renouveller la pompe solennelle de
leurs Jeux, et offrir à cette grande cité l'image consolante
de littérateurs réunis, après une longue tempête, qui
s'empressent de consacrer leurs premiers hommages au
restaurateur des sciences, des arts, de la religion et de la
félicité publique; comme cet ancien Patriarche qui, après
la plus grande des calamités, s'empressa d'offrir un sacrifice de reconnaissance au Dieu de ses pères.

Lorsque, au nom du Dieu des batailles et des guerriers
morts au champ d'honneur, dans ces deux campagnes,
NAPOLÉON prévient les héros de la patrie, qu'en sortant
du banquet fraternel, il faudra peut-être reprendre les
armes contre ceux qui voudraient attaquer l'honneur et la
gloire de la nation, ne fallait-il pas que les sources de
l'éloquence reprissent leur cours, et que les Muses ren-
trassent dans leur pays natal, pour célébrer tant de
triomphes?

Fatiguée de proclamer tant de hauts faits, la renommée
se repose sur les gens de lettres, pour les transmettre à la
postérité. Les gens de lettres et les héros sont unis par
un lien réciproque.

ULYSSE, TÉLÉMAQUE, ACHILLE et HOMÈRE, ALEXANDRE
et QUINTECURCE, ÉNÉE et VIRGILE, AUGUSTE et HORACE,
HENRI IV et VOLTAIRE, LOUIS XIV, BOILEAU et cette
foule d'Écrivains qui ont immortalisé son règne, vont se
placer ensemble dans le temple de la gloire.

Quel vaste champ vient de s'ouvrir aux Littérateurs!
Que de lauriers n'ont-ils pas à cueillir!

L'Italie, théatre de nos exploits et de nos malheurs, où CHARLES VIII, LOUIS XII et FRANÇOIS I.er ont acquis et perdu tant de gloire, ce beau ciel sous lequel ont été tramées tant de perfidies et commis tant de crimes, ce sol si souvent conquis et toujours abandonné, cette terre dévorante réputée autrefois le tombeau des Francais, où depuis CHARLEMAGNE, aucun de nos Rois n'avait pu fixer la victoire, cette ancienne patrie des fiers dominateurs du monde, a été forcée de s'incliner devant le grand NAPOLÉON, et de déposer sa couronne de fer dans ses mains.

Manes de NEMOURS, de BAYARD, de LAUTREC, votre sang a crié vengeance, vos cyprès sont changés en laurier, tout, jusqu'aux horreurs des Vêpres Siciliennes, a été réparé ou puni, les vestiges des outrages faits à la grande nation sont effacés, les monumens de ses revers ont disparu, les armures de FRANÇOIS I.er, de CHARLES IX, d'HENRI DE GUISE, de CHARLES DE MAYENNE, des MONTMORENCY, d'HENRI DE MONTPENSIER, de CHARLES DE BOURBON et DE BIRON, ont été restituées au Vainqueur d'Austerlitz.

Après avoir raffermi le Trône impérial de l'Autriche, qu'il était le maître de renverser, restauré l'Italie, sauvé le Midi civilisé de l'Europe, de la tyrannie du Nord, étouffé dans le calme de la monarchie, les convulsions qui désolaient le plus bel Empire du monde ; après avoir consacré à l'Église de Paris une partie des Drapeaux que le Dieu des armées venait de lui livrer, ce génie réparateur veut effacer les ravages du passage terrible de l'esprit de destruction ; Ste. Genevieve est rendue à l'empressement des fidèles, St. Denis à son ancienne et imposante destination, où l'énergique éloquence des trois Autels expiatoires caractérise l'ame forte et juste qui les a créés.

Ces pieuses et sublimes conceptions devaient trouver leur place dans un cœur qui éprouva les plus tendres émotions en créant la Fête magique et triomphale du mois de Mai, qu'il veut environner de toute la splendeur, de toute la pompe, et de tout l'éclat du Trône Impérial et Royal, pour substituer, dans l'ame de son peuple, les sensations délicieuses de ce grand spectacle, aux souvenirs amers du délire, de l'impiété et de l'anarchie ; à l'exemple du Créateur de l'univers, qui, au mois de mai, émaille la terre de fleurs et la couronne de roses, pour consoler la nature, et lui faire oublier les horreurs de l'hiver.

Orateurs, Poëtes, voilà des sujets dignes de vos méditations, et de vos talens. L'enthousiasme naîtra du sujet même, et en vous décernant des Prix, l'Académie partagera vos triomphes.

Jamais, MESSIEURS, l'image riante du mois de Mai n'a été plus fidèlement exprimée, que dans l'institution et les progrès des Jeux Floraux.

C'est dans ce mois, que leur gloire renaît tous les ans, et qu'en imitant, en surpassant la nature, à côté des fleurs qu'elle fait éclore, ils font croître les palmes de l'éloquence et le laurier du génie.

Que j'aime à remonter à la source de cette antique institution, et à revenir jusqu'à nous avec la simplicité de l'histoire !

Lorsqu'on sort d'une crise où tout ce qui était obscur a attaqué tout ce qui était illustre, où on a voulu rabaisser tout ce à quoi on ne pouvait atteindre, où la cognée a été portée à la racine des Cèdres du Liban, où l'antiquité des institutions a été regardée comme une chimère livrée au mépris, il est peut-être nécessaire, qu'après la régénération, chacun reprenne ses titres sans ostentation et sans orgueil, et se montre aux yeux du public avec sa véritable consistance.

Il est certain, d'après les monumens les plus incontestables, qu'une société de sept Poëtes ou Troubadours avait établi dans un des faubourgs de cette ville, long-temps avant le 14.º siècle, un collége de poésie qui avait son sceau, ses officiers, son chancelier, et un verger délicieux où il distribuait des prix, dans un temps où les ténèbres de l'ignorance couvraient encore le reste de l'Europe.

Ils appelaient la poésie l'*Art joyeux de faire des vers,* les règles de la versification *les Fleurs du Gai Savoir,* leur association le *Joyeux Consistoire,* et les membres qui le composaient les *Mainteneurs de la Gaie Science.* La Fleur d'or qu'ils adjugeaient au vainqueur, n'avait d'autre nom que celui de *La joie de la Violette.*

C'est à eux que l'on doit la première poétique qui ait paru en Europe, et que nous gardons précieusement dans nos registres; c'est à eux que fut adressée la fameuse ambassade d'un Roi d'Ibérie qui leur demandait une Colonie de Poëtes.

Pour se fixer sur leur caractère, il suffit de connaître la Lettre de convocation qu'ils adressèrent, dans le mois

A 4

de Novembre 1323 , à tous les poëtes et aux personnes les plus distinguées de la Province.

« La très-gaie compagnie des sept poëtes de Toulouse » y est-il dit « aux honorables seigneurs , amis et compa- « gnons qui possèdent la science d'où naît la joie , salut « et vie joyeuse. »

Nous vous invitons à vous rendre , le 1er. Mai prochain , dans le Verger que nous tenons des Poëtes nos devanciers ; notre plus grande attention et nos désirs les plus ardens sont de nous réjouir en récitant nos vers et nos chants poétiques.

Nous vous supplions et requérons de venir , le jour assigné , si bien fournis de vers harmonieux et d'un si beau sens , que le siècle en devienne plus gai , que nous devenions plus disposés à nous réjouir , que le mérite revienne en vigueur , que la vertu soit récom- pensée , et le vrai savoir exalté.

Le Verger et la Maison des Troubadours ayant été dé- truits en 1355 , ainsi que le faubourg dans lequel ils étaient situés , par les effets de la guerre avec les Anglais qui s'étaient emparés de la Guienne , la Ville s'empressa de les recevoir dans la Maison Commune , où ils conti- nuèrent leurs *joyeux* exercices , avec le concours des Capitouls qui, voulant partager la gloire de cette ancienne institution , cherchèrent à en augmenter la pompe , et délibérèrent de prendre sur les fonds publics , les sommes nécessaires pour fournir aux frais de la Violette d'or , et d'autres Prix qu'ils y joignirent.

Des calamités publiques en ayant pendant quelque- temps suspendu la distribution , CLÉMENCE ISAURE saisit cette circonstance sur la fin du 16.ᵉ siècle, pour rétablir le Collége du *Gai Savoir*, sous le nom de Collége de *Rhétorique* ou de *Poésie Française*; elle institua des Prix qu'elle délivra elle-même à ceux qui les avaient mérités, et pour rendre cette distribution plus régulière et plus constante, elle donna une grande partie de ses biens à la Ville, à la charge par elle de *célébrer les Jeux Floraux à perpétuité*, ce qui lui mérita le double titre de Fondatrice des Prix et de Restauratrice des Jeux.

Toulouse est donc la première ville de l'Europe qui, depuis l'irruption des barbares et deux siècles avant la renaissance des lettres, ait élevé un autel aux Muses, et la première de l'univers, qui ait consacré un temple à la Gaité, Divinité que la Fable n'avait pas même imaginée, non pas à cette gaité bruyante et frivole, fille de la turbulence et de l'oisiveté, qui court sans cesse après le bonheur qui la fuit, mais à cette gaité des premiers âges, compagne de l'innocence et de la franchise, amie de la vertu, incompatible avec la corruption du cœur, et la dépravation des mœurs.

C'est pour justifier notre origine, et conserver ce reste précieux de la franche gaité de nos pères, qu'en donnant à l'imagination et au génie, la liberté de choisir les sujets que le sentiment et le goût pourraient leur inspirer, CLÉMENCE ISAURE a voulu qu'il y eut encore un coin de la terre, où les Graces et les Muses pussent folâtrer avec une familiarité décente, sans jamais altérer la sérénité de ses Jeux, ni manquer au respect dû à la patrie et à la religion.

Puisse la fange impure de l'Hypocrène ne jamais flétrir

les talens, ni salir les productions du génie! Le châtiment que vient de subir dans la capitale, la poésie licencieuse, est la plus forte digue à ses débordemens ; il était digne d'un Prince conquérant, législateur et politique, de venger la religion des écarts de la licence.

Si du globe que nous habitons, il passe quelque sentiment chez les morts, si après le terme de la vie, ils s'intéressent encore à notre sort, cette foule de collaborateurs que nous avons perdus, ne peut que prendre part à la restauration d'une Académie dont ils faisaient l'ornement et les délices : Manes précieux aux lettres et à la patrie, pardonnez si je ne mêle pas des accens de douleur au triomphe de CLÉMENCE ISAURE. La tombe n'a dévoré à nos yeux ni vos vertus ni vos talens, ils seront toujours gravés dans nos cœurs, et ce n'est pas sans me faire violence, que je reprends le langage et le ton spécialement consacrés à la Fête des Jeux que vous avez vous-même si dignement célébrés. Ce n'est que sur le tombeau d'ISAURE que nous devons aujourd'hui jeter des fleurs, l'intérêt que vous prenez à sa gloire, vous fera préférer son éloge au vôtre.

Mais pourquoi m'a-t-on décerné l'honneur de faire cet éloge ? N'est-elle pas assez hautement louée par ses bienfaits ?

Le culte annuel que nous rendons à sa mémoire, ne peut avoir d'autre objet que de manifester notre reconnaissance.

A-t-on besoin de célébrer une gloire soutenue par une tradition non interrompue de trois siècles, par les monumens publics que les Magistrats municipaux ont élevés dans le lieu même de leurs assemblées, par le cri d'admiration de ses contemporains, par les écrits unanimes des historiens, par les jurisconsultes de son temps qui proposent sa fondation, pour servir d'exemple et de modèle à ceux qui voudraient en faire de semblables, par les registres antiques de la Ville et des Jeux Floraux qui retracent ses dernières volontés et leur exécution ?

Qu'ils sont à plaindre quelques écrivains prévenus ou soudoyés qui, pour attribuer aux Capitouls la gloire de la fondation des Prix, ont osé jeter des nuages sur l'existence de CLÉMENCE ISAURE, sous prétexte qu'il n'est parlé d'elle ni dans l'établissement des Prix fait par les Troubadours, auxquels les Capitouls participèrent ensuite, ni dans la Lettre circulaire de 1323, ni dans un recueil manuscrit des poésies de cent vingt Poëtes provençaux qui ont écrit depuis 1200 jusqu'à 1300, sans réfléchir, qu'il faut distinguer trois temps dans l'histoire ancienne de l'Académie!

Le premier est celui qui précéda l'année 1323, où les sept Troubadours qui composaient alors le Collége de *la Gaie Science*, usant, disent-ils, *du droit qui leur appartient de toute ancienneté et à eux transmis par leurs devanciers*, adjugeaient seuls les prix qu'ils avaient fondés.

La seconde époque est celle qui depuis 1323 s'étend jusques vers l'année 1500, pendant laquelle les Capitouls invités aux Fêtes des Troubadours pour les rendre plus brillantes, participèrent quelquefois aux frais et aux exercices du *Gai Consistoire*.

Les auteurs qui ont vécu dans le cours de ces deux temps, et qui parlent de Toulouse et de son Collége, n'ont du rapport qu'aux Mainteneurs et aux Capitouls, et ne pouvaient faire aucune mention du nom ni de la fondation de CLÉMENCE ISAURE, puisqu'elle n'existait pas encore.

Mais le troi ième temps s'offre à mon ame impatiente ; le quinzième siècle va finir ; l'histoire me présente CLÉMENCE ISAURE, aimant passionnément la poésie, faisant des vers, formant le goût, fixant l'opinion, dans un siècle où les hommes étaient si peu éclairés, et où l'orgueil des préjugés faisait regarder la haute naissance comme incompatible avec les lettres.

Le seizième siècle commence, toutes les langues se délient, toutes les plumes se réunissent pour célébrer la gloire de la fondatrice des Prix, de la restauratrice des Jeux Floraux ; parmi les historiens, les uns l'ont vue, les autres lui ont adressé des vers, tous proclament sa fondation et ses bienfaits.

C'est à cette époque, que le Collége de la Gaie Science éprouve une révolution aussi subite qu'étonnante. Il change tout à coup de nom, d'usages et d'idiome.

Ce n'est plus ce Collége que l'orgueil du Capitole avait subjugué, et qui avait été plusieurs fois forcé de suspendre la distribution des Prix par l'inquiétude ou le caprice de ses officiers annuels ; c'est un corps littéraire qui, fier de son antique origine, a repris sa noble indépendance. Il résulte des registres respectifs, que depuis cette époque, aux approches du mois de Mai, il a commandé impérieusement aux Capitouls de tenir tout *prêt pour la Fête de CLÉMENCE ISAURE*, et que les Capitouls ont constamment répondu, tantôt qu'ils exécuteraient fidélement les *volontés de*

CLÉMENCE dont ils avaient vu naguères le testament, tantôt qu'ils *feraient leur devoir,* et toujours que tout serait prêt pour la Fête.

Ces Capitouls dont l'esprit de domination avait porté plus d'une fois le trouble dans le Collége , perdent tout à coup leur autorité et leur influence , ils ne sont admis dans les assemblées , qu'au nombre de trois , sous le nom de *Bailes* pour faire les honneurs des Jeux.

Les grades de Bachelier et de Docteur *en Gaie Science* n'existent plus. A cette dénomination a succédé le titre de *Maître des Jeux Floraux,* titre glorieux dont l'Académie vient de faire un si noble usage , en le décernant à deux Littérateurs célèbres dont la France s'honore, et dans les mains desquels le Dieu du génie et du goût semble avoir déposé toutes les richesses de l'érudition et l'éloquence (1).

Comment a-t-on osé opposer une opinion isolée à ce torrent de lumiere , à cette masse de preuves écrites, au témoignage incorruptible de trois siècles , à l'autorité des monumens publics, à la statue de CLÉMENCE ISAURE, posée d'abord sur son tombeau , transportée dans cette enceinte avant 1549 , élevée , en 1557 , sur le piedestal où nous la voyons encore ? Comment pouvoir résister à cette épitaphe authentique gravée sur le bronze, qui retrace le précis de son testament, et ses principales libéralités faites à la ville , avec les conditions qu'elle lui a imposées ; épitaphe précieuse que la malveillance ou le vendalisme avoit arrachée des pieds de la statue, et qui vient d'être rendue à l'Académie

_____

(1) MM. PORTALIS et FONTANES.

par l'artiste même qui avoit été chargé de la détruire ? Il est
échappé à ses détracteurs d'avouer, que son costume se rap-
porte à celui de 1500. Dès qu'ils conviennent qu'elle est
morte, méritent-ils qu'on examine avec eux, si elle a vécu ?

Oui, Fille immortelle, tu as vécu pour la gloire de
ton siècle, et tu vivras toujours dans le cœur des vrais
Littérateurs : L'Académie qui te doit son existence, jetera
tous les ans des fleurs sur ce tombeau, et joindra l'hommage de sa reconnaissance, à celui qu'il doit au Gouvernement éclairé qui nous permet aujourd'hui de proclamer tes bienfaits.

Ne croie pas, que le venin de l'envie ait terni aucun
des rayons de ta gloire : quelques ingrats ne sont pas la
patrie. Cent villes de la Grèce se disputent l'honneur
d'avoir été le berceau d'Homère ; Lesbos s'énorgueillit
d'avoir vu naître Sapho ; Toulouse reconnaîtra toujours,
que tu as éclairé un pays que tes ancêtres n'avaient pu
défendre ; que tu as fixé dans son enceinte, les Muses
errantes et fugitives ; que tu as donné à la Nation, à
l'Europe même, l'idée des Associations littéraires, et
que tu as recueilli les étincelles éparses du feu divin qui
vivifie les Lettres, consacré tes jours à l'entretenir, tes
biens à lui fournir un aliment durable, et jeté en mou-
rant les fondemens d'un Corps immortel chargé de veiller
à sa conservation.

Est-ce l'esprit de Clémence Isaure, qui s'est per-
pétué dans le cœur des femmes ; est-ce leur privilége uni-
que en France d'être admises au rang des Maîtres des
Jeux Floraux, lorsqu'elles se présentent le front couvert
d'une triple couronne ?

Quoiqu'il en soit, nos recueils sont pleins de leurs ouvrages et de leurs succès. Le premier Prix que l'Académie a donné, s'est reposé avec orgueil sur la tête d'une femme.

Ce triomphe a été si souvent réitéré, que depuis l'époque où les Jeux Floraux ont été érigés en Académie, vingt-sept Prix leur ont été adjugés, ce qui prouve qu'en France, comme dans la Grèce, elles savent vaincre leurs rivaux.

C'est par la conscience de ses moyens, que CLÉMENCE ISAURE fonda des Prix où son sexe pût atteindre.

Il est temps que ce sexe dont l'orgueil des hommes néglige l'éducation, qu'il affoiblit par ses institutions, qu'il dépouille par ses lois, connaisse enfin ses véritables forces et sa vocation.

Si j'avais à prouver, que les femmes ne sont pas incapables de régir les Etats, les plaines d'Albion, les glaces de la Russie, les murs de Babylone m'offriraient les trophées consacrés au courage des femmes qui les ont gouvernés. La Reine de Palmire ne rompit-elle pas les escadrons des Romains, et les aigles de ces maîtres du monde, ne furent-ils par trois fois abattus sous ses coups ?

Mais en laissant aux hommes le droit exclusif de commander les armées, de tenir les rennes des Empires, en leur abandonnant même les profondes méditations des sciences abstraites ; convenons aumoins que la nature doua ce sexe privilégié de cette perfection d'organes qui rend son imagination plus vive et plus sensible, que celle des hommes. Peut-on lui refuser ces nuances fines, cette délicatesse de sentiment, ces expressions du cœur, et souvent ce goût exquis qui font les délices de la société?

Les femmes qui, à l'exemple d'ISAURE, ont eu le courage de se dégager des liens que notre vanité avait resserrés, ne nous ont-elles pas fait rougir de nos institutions? CORINNE n'a-t-elle pas remporté cinq fois le prix sur PINDARE? SAPHO n'a-t-elle pas été nommée la dixième Muse? Les deux DESHOULIÈRES, la Comtesse de LA SUZE n'ont-elles pas prouvé, que ce n'était que pour elles que croissaient les fleurs destinées au triomphe de l'Élégie, de l'Idylle et de l'Églogue? La tendre et sublime SCUDERI n'a-t-elle pas réuni les palmes de l'éloquence aux mirtes de la Poésie? Tandis que l'Académie Française lui adjuge un Prix de Discours sur *la Gloire*, les portes des Académies d'Italie qui admettent les femmes dans leur sein, s'ouvrent pour la recevoir, et regardent son admission comme un jour de triomphe.

Les femmes enrichissent aujourd'hui la littérature d'une foule de productions agréables qui, à la légèreté du style, joignent l'énergie de l'expression et toutes les graces du sentiment.

Mais sans sortir de l'enceinte de l'Académie, les DRUILLET, les CATELLAN, les MONTEGUT n'ont-elles pas parcouru avec gloire, la brillante carrière que CLÉMENCE ISAURE leur avait ouverte?

S'il était permis de louer les personnes qui vivent encore, je vous montrerais deux Maîtresses de nos Jeux, qui ont payé de nos jours à notre illustre Fondatrice, le tribut de reconnaissance qu'elles devaient à son utile institution (1).

_____

(1) Mesdames DE LAGORCE et DÉSPARBÈS.

Nous

Nous devons à la dernière d'avoir créé, pour ainsi dire, le seul Poëte lauréat qu'ait eu la France, qui n'était honoré que sur les bords de la Tamise, et dont Toulouse sa patrie ignorait presque le nom.

Après avoir fait connaître ses ouvrages et ses succès, elle fit hommage de son buste en marbre à CLÉMENCE ISAURE, parce qu'elle crut, que l'inauguration d'un Poëte lauréat, était une offrande digne de la restauratrice de la Poésie.

Animé par ces exemples, excité par le grand nombre de couronnes destinées aux talens vainqueurs, Sexe enchanteur, ne souffrez pas, que des Prix institués par une femme, échappent à votre émulation ; les graces doivent étendre l'empire des lettres, le désir de vous imiter vous donnera des rivaux que vous pourrez avouer ; les hommes suivront vos goûts, comme ils portaient autrefois vos chiffres et vos couleurs. C'est aux succès de CORINNE, que PINDARE dut ces traits de feu qui lui méritèrent les acclamations de la Grèce.

Brisez les entraves dans lesquelles on vous retient, c'est dans vos cœurs, que vous trouverez cet heureux abandon, ce moëlleux, cette suavité de pinceau, ces fictions ingénieuses, cette imagination féconde et brillante, ces images vives qui sont l'ame de la Poésie.

C'est peu de venir embellir nos fêtes par l'éclat de vos charmes, dès que vous pouvez y porter un éclat plus durable, et des ornemens qui sont les véritables fleurs que l'amour des lettres sait jeter sur les épines de la vie.

En nous pénétrant de l'esprit d'ISAURE, nous devons redoubler d'efforts pour perfectionner son ouvrage. La

B

renaissance des Corps littéraires doit rallumer le feu du génie dans l'ame des Orateurs et des Poëtes.

Les succès rapides et multipliés des Sciences exactes ont ralenti la marche de l'Éloquence et de la Poésie, mais les sources de la première ne sont pas taries, et le feu divin de la seconde n'est pas éteint. Ce torrent de lumière qui, après avoir inondé la Grèce et l'Italie, disparut pendant plusieurs siècles, ne reprit-il pas son premier éclat et sa première vigueur ? Les règnes de CHARLES IX et de LOUIS XI étouffèrent-ils le germe du beau siècle de LOUIS XIV ?

Pendant la tourmente révolutionnaire, les talens connus étaient réduits à la fuite ou au silence, leur pensée même n'était pas libre ; tandis que des déclamateurs fougueux, prenant la chaleur du sang pour le feu du génie, travestissaient l'éloquence, comme ils avaient travesti la liberté.

Les Muses, ces filles du Ciel, si séduisantes, lorsqu'elles chantent la vertu, qu'elles célèbrent l'héroïsme, qu'elles peignent le sentiment, étaient avilies par des chantres mercenaires qui avaient eu la lâcheté de leur prêter les accens des furies.

Mais après cet orage, le Ciel est devenu plus pur, et j'ose vous annoncer, MESSIEURS, un siècle brillant de Littérature. Lorsqu'une grande révolution s'est opérée dans les idées, dans les mœurs, dans le Gouvernement, dans la Religion, il est comme impossible, qu'au milieu d'une fermentation générale l'impulsion donnée aux esprits, n'enflamme pas le génie, et n'enfante pas des productions dignes de lui ; c'est alors qu'il brise ses entraves, que l'imagination peint en traits de feu, et que l'énergie devient le caractère de la nation.

Après les éruptions de l'Éthna, la Sicile devient plus féconde, et l'Égypte n'est jamais plus chargée d'abondantes moissons, qu'après le débordement du Nil.

C'est dans les horreurs dont il avait été le témoin, que le peintre le plus hardi des hommes et de leurs mœurs, le MICHEL-ANGE des écrivains, TACITE puisa la brûlante expression de la haine qu'il avait jurée aux monstres couronnés qui déchirèrent les entrailles de Rome, et que sa plume trempée dans le sang a condamnés à une fatale immortalité à laquelle rien ne pourra les arracher; son ame fière et indépendante avait été si profondément frappée de leur tyrannie, qu'il félicite AGRICOLA d'être mort, sans avoir vu tant de crimes, et que rompant, pour ainsi dire, les liens qui l'attachaient à la terre, il suit l'ombre consolante de ce grand homme, dans les champs élisées, pour y chercher le calme qu'il ne croyait plus possible de retrouver dans l'Empire Romain.

Sans les troubles qui déchirèrent la France pendant trop long-temps, sans les fureurs de la ligue, sans les secousses des guerres civiles qui ne cessèrent d'agiter ce Royaume depuis la mort de FRANÇOIS I.er jusqu'à la majorité de LOUIS XIV, le génie de CORNEILLE aurait-il jamais atteint ce degré d'énergie et d'élévation qui ont si souvent porté sa tête dans les Cieux, et qui feront toujours le désespoir de ses imitateurs ?

Quand est-ce que VERNET demande à grands cris ses pinceaux ? C'est après la tempête qui venait d'enflammer

B 2

son imagination, et qui enfanta sur le champ le plus magnifique et le plus parfait de ses tableaux.

Nous avons vu comme lui, la tempête; l'orage révolutionnaire nous a enveloppés, reprenons aussi nos pinceaux, et consacrons-les aux progrès de la Littérature.

Si pendant plusieurs années malheureusement trop célèbres, l'esprit de vertige et d'erreur a pu bouleverser les grands principes de morale, de politique et de Religion, il était naturel que la Langue Française reçût elle-même les plus mortelles atteintes. Nous avons été les témoins de cette effrayante introduction de mots barbares, sans harmonie et sans utilité, dont les orateurs du jour défigurèrent leurs productions. La plume suivit les égaremens de l'esprit, les termes les plus inintelligibles parurent une conquête, et le plus misérable écrivain se crut un homme de génie, lorsqu'il parlait un langage différent de celui du siècle de Louis XIV. La contagion passa de la tribune populaire, dans les presses de l'imprimerie, et jusques dans les cercles du langage familier.

Mais les grands fléaux n'ont qu'un cours passager, et l'immortelle Providence qui dirige les destinées des hommes et des empires, sait faire tout rentrer dans l'ordre établi par elle.

Les Temples sacrés se sont relevés, les Souverains ont repris leurs droits légitimes, les conventions sociales ont reparu dans leur force première, et la Langue Française régénérée à son tour a rougi de ses prétendues richesses.

Dispensateurs des couronnes de CLÉMENCE, annonçons à ceux qui se proposent d'entrer dans la lice de l'Éloquence ou de la Poésie, qu'ils n'obtiendront jamais les fleurs qu'ils ambitionnent, si éblouis par des succès éphémères, ils préfèrent l'alliage à l'or pur, et prenent pour guides, ces novateurs qui ont altéré le goût, appauvri la langue au milieu d'un luxe apparent, et fané la fleur de la véritable littérature, en la défigurant par une élocution qu'elle d'savoue, comme la plupart des auteurs qui succédèrent au siècle d'Auguste, rendirent presque barbare la plus belle latinité.

Ce n'est pas, Messieurs, que notre censure proscrive indistinctement toute création heureuse ou nécessaire, nous savons que de nouvelles idées exigent de nouveaux termes, et que de grandes découvertes réclament des mots inconnus à nos pères.

Mais dès qu'une langue est fixée par des chefs-d'œuvre sans nombre, dès que de grands Orateurs et de grands Poëtes lui ont donné toute l'abondance et toute l'étendue dont son génie la rend susceptible, l'admission de termes insolites, loin de l'enrichir, l'avilit, la d'grade et corrompt son élégance naturelle.

Si les feux de Vesta furent confiés à de chastes Prétresses, Racine, Boileau, Pascal, Bossuet et tous les grands Écrivains du siècle de Louis XIV, se sont reposés sur les Corps Littéraires, du soin de conserver dans leur pureté primitive, l'élégance, l'harmonie et la clarté d'une langue qu'ils ont portée au plus haut degré de perfection, et dont la supériorité n'est pas contestée, même par les peuples les plus jaloux de notre gloire.

Confions-nous à ces hommes éprouvés qui sont dans la Littérature, ce que sont les vétérans dans les armées.

Nourris de bonnes études, ils ont su transporter dans notre langue, toutes les richesses de l'antiquité, et réaliser ainsi la fable qui, suivant l'expression d'un de nos meilleurs Écrivains, (1) trouvoit un chant plus mélodieux aux oiseaux qui avaient voltigé sur le tombeau d'ORPHÉE.

----

(1) Le Cardinal MAURY

HYMNE

En l'honneur de la Vierge,

Par M. l'Abbé JAMME, un des Mainteneurs.

LEs guerres nationales du XI.e et XII.e siècle étant terminées, le premier Prix que les Troubadours distribuèrent en 1324 fut décerné à un *Cirventes*, (1) en l'honneur de la Vierge, composé par *Arnaud Vidal*, de Castelnaudary.

Après quinze ans de silence, l'Académie, reprenant ses fonctions, a cru devoir se présenter au public, sous cette couleur religieuse dont nos aïeuls honoraient toutes leurs institutions. Ainsi, après une affreuse tempête le pilote se rend au temple de ses pères pour payer à la Divinité le tribut d'hommage d'un cœur reconnoissant. Le souvenir de ses malheurs ajoute encore aux jouissances de son ame.

Le Vainqueur d'Austerlitz a fait suspendre à la voûte de la Cathédrale de Paris, comme un trophée de sa piété envers Marie, une partie des drapeaux pris sur la coalition du nord, qui vouloit porter la tyrannie dans le midi civilisé de l'Europe. Au retour de ses victoires, il élève

---

(1) Ce mot était alors consacré à la louange ; il fut ensuite donné à la satyre

dans le palais des Tuileries, un autel à la protectrice de la France.

On croit voir Louis XIII, ce fils du plus excellent des pères, ce père du plus grand des Rois, après avoir apaisé les troubles de l'État, consacrer, sa personne, son royaume et son peuple à la Mère de Dieu.

C'est pour marcher sur les traces de nos prédécesseurs, et r'ouvrir nos séances sous les mêmes auspices, que je consacre cet Hymne à la Vierge.

J'AI vu, j'écarte en vain ces images funèbres,
Sapper les fondemens de l'antique Sion ;
Et sous des traits humains, les Anges des ténèbres,
De leurs dogmes affreux répandre le poison.
      J'ai vu s'élancer de l'abyme,
       L'ambition, l'impiété ;
Leur doctrine est reçue avec avidité,
Et tombe sur des cœurs préparés par le crime.
Les cèdres du Liban ont perdu leur vigueur,
Quel terrible ouragan brise leur tête altière ?
Triste Sion, l'impie insulte à ta douleur,
     Il a plongé ton front dans la poussière ;
      Tes Temples souillés et déserts,
N'étalent plus la pompe et l'éclat de leurs fêtes. (1)
Des volontés du Ciel augustes interprètes,
Anges consolateurs dont les pieux concerts

---

(1) *Viæ Sion lugent, eo quod non sint qui veniunt ad solemnitatem. .... Et egressus est à fil'a Sion, omnis decor ejus. .... Omnes qui glorificabant eam, spreverunt illam.* Jérémie, ch 1

Suspendaient le tonnerre allumé sur nos têtes,
Quoi ! vous abandonnez vos augustes retraites ! (1)
Quoi ! le sang a coulé jusques dans les lieux saints !
La licence ravage et les champs et les villes,
Les Vierges forcément sortent de leurs asiles, (2)
La terre a donc soumis le Ciel à ses desseins. (3)
  Mais, non, le Dieu de Juda qui sommeille,
  Tient encor son glaive vengeur,
Le cri de l'innocence a frappé son oreille,
  Le Dieu de Juda se réveille,
Sion, tu reprendras ta première grandeur.
  Ainsi, sur sa lyre attendrie,
Dans des temps malheureux, on a vu Jérémie,
Epancher sa douleur, et les bords du Jourdain
Répéter en tremblant les décrets du destin.
  . Sur les malheurs de ma Patrie,
Gardienne de la France, ô Vierge ouvre les yeux ;
  Reine des Mers, Reine des Cieux,
Et des flots et des vents enchaîne la furie. . . . . . .
Mes vœux sont exaucés ; les temps sont accomplis,
Le Héros que le Ciel conduit, protège, inspire,
Des Autels renversés rassemble les débris,
Et sa main triomphante a rétabli l'empire
De la Religion, et des Mœurs et des Lois,
Des peuples insurgés il calme le délire,

---

(1) *Omnes portæ ejus destructæ, Sacerdotes ejus gementes.*

(2) *Virgines ejus squallidæ, et ipsa oppressa amaritudine.*

(3) *Viderunt eam hostes et deriserunt sabbata ejus..... Dereliquit Dominus terram.*

La folle égalité sous son pouvoir expire,
Et l'Europe lui doit le trône de ses Rois (1).

C'est dans ton Temple, ô Vierge protectrice,
Que de Napoléon le serment solennel
Rend à ses vœux le Ciel propice
Et consacre les droits du Trône et de l'Autel.

Reine des nations, ta puissance suprême,
O France, a surpassé ton antique splendeur;
Dans tes armes (2) je vois l'ingénieux emblême
De ta gloire et de ton bonheur :
Tu peux répandre à ton gré sur la terre,
L'épouvante et l'effroi, le charme et les douceurs:
L'aigle altier porte le tonnerre,
L'abeille vit parmi les fleurs.

---

(1) Sans Napoléon les principes républicains auraient fini par renver
ser tous les Trônes de l'Europe.

(2) Les armes de la France ont une aigle et des abeilles.

TRADUCTION EN VERS

DU SIXIÈME CHANT

DE L'ÉNÉIDE,

Par M. de Latresne, ancien Avocat-Général au Parlement de Toulouse, et sous-Modérateur de l'Académie.

IL dit : la voile s'enfle et déjà l'onde écume,
Enfin la flotte arrive à la rade de Cume.
La proue est opposée au cours bruyant des eaux,
L'ancre à la dent de fer enchaîne les vaisseaux,
Le long du port au loin les poupes se balancent,
Et sur le sol Latin tous les Guerriers s'élancent.
Les uns font d'un caillou jaillir les feux cachés,
Ou traînent les vieux pins aux forêts arrachés ;
D'autres d'une fontaine ont découvert la source.
Cependant le Héros a dirigé sa course,
Vers le fort d'Apollon et cet antre écarté,
D'une Prêtresse auguste asile redouté.
Là, le Dieu de Délos et l'enflamme et l'inspire,
Et dans l'avenir même il lui permet de lire.
Ils ont déjà franchi d'un pas respectueux
D'Hécate au triple front le palais fastueux.

Voulant fuir de Minos les vengeances cruelles,
Dédale osa, dit-on, sur deux rapides ailes
Confier sa faiblesse à l'océan des airs,
Et nageant vers le nord par des sentiers déserts,
Il aborda bientôt sur ce mont solitaire.
Mais à peine ses pieds sont rendus à la terre,
O Phébus, que sa main te consacre en ces lieux,
Les avirons ailés dont il fendit les Cieux,
Et dresse en ton honneur des temples magnifiques.
La main de l'art grava sur leurs riches portiques
Et la mort d'Androgée et sept jeunes enfans
Du peuple de Cécrops exigés tous les ans.
Hélas ! la loi du sort les dévoue au supplice :
Ici de leur trépas paraît l'urne complice,
Et l'île des Crétois semble flotter sur l'eau.
Là, c'est Pasiphaé brûlant pour un taureau,
Et sa noire imposture, et l'affreux Minotaure
D'infames voluptés, fruit plus infame encore ;
Plus loin, le labyrinthe erre en mille détours,
Mais Dédale sensible à de tristes amours,
Guidant avec un fil des pas que l'œil abuse,
De ces sentiers trompeurs développe la ruse.
Hélas ! sans la douleur dont il fut oppressé,
Icare, dans ces lieux ton père t'eut placé.
Deux fois il veut dans l'or peindre ta fin cruelle,
Deux fois le burin fuit de sa main paternelle.
Tandis que ces objets flattent l'œil du Héros,
Prêtresse de Diane et du Dieu de Délos,
Déiphobe s'avance, et prenant la parole :
« Le temps ne permet point un spectacle frivole,

« Guerriers ; allez sur l'heure immoler sept taureaux ,

« Et sept jeunes brebis la fleur de vos troupeaux.

Elle dit : les Troyens hâtent le sacrifice

Et pénètrent bientôt dans le saint édifice.

    Dans les flancs d'une roche un antre fut construit.

Cent portes , cent chemins mènent dans ce réduit

D'où s'échappent cent voix , arrêts de la Sibylle :

A peine ils ont touché le seuil du sombre asyle :

« Il est temps d'invoquer l'oracle souverain ;

« Le Dieu , le Dieu s'approche. » Elle dit , et soudain

Sa couleur s'obscurcit, ses traits s'évanouissent ,

Ses sens sont égarés , ses cheveux se hérissent ,

Son sein tout hâletant se gonfle et se roidit ,

Sa voix n'est plus humaine et son corps s'agrandit ,

Tant le souffle du Dieu l'obsède toute entière.

« Eh quoi ! fils de Vénus , tu suspens ta prière ;

« Pourquoi tarder ? apprends que ce n'est qu'à ce prix

« Que ces lieux s'ouvriront à tes regards surpris. »

    Ces mots que fait ouïr la Prophetesse sainte ,

Dans le cœur des Troyens ont répandu la crainte

Énée au Dieu du jour adresse enfin ces mots :

« O toi , qui d'Ilion plaignis toujours les maux ;

« A la main de Paris , toi qui servant de guide ,

« Dirigeas sur Achille une flèche homicide :

« Sous tes auspices saints j'ai parcouru les mers ,

« J'ai visité l'Afrique et ses brûlans déserts ,

« Et des Massyliens vu les lointaines rives :

« Nous saisissons enfin ces plages fugitives

« Qu'en ce jour l'Ausonie offre à notre œil charmé.

« Puisse le sort cruel être bientôt calmé !

« Et vous, Dieux tout-puissans, Déesses souveraines,

« Dont la gloire de Troye arma jadis les haines,

« De vos ressentimens perdez le souvenir.

« Prêtresse auguste, ô toi qui lis dans l'avenir,

« Souffre, (aux arrêts du sort ma demande s'allie,)

« Que les Troyens bientôt au sein de l'Italie,

« Fixent le cours errant de leurs Dieux paternels.

« Par un temple de marbre et des jeux solennels

« Qui du Dieu de Délos garderont la mémoire,

« D'Hécate et de Phébus j'attesterai la gloire.

« Toi-même dans ce temple à ces Dieux élevé,

« Vierge auguste, un lieu saint t'est par moi réservé.

« Là des Prêtres choisis seront dépositaires

« Des oracles de Troye et de tes grands mystères.

« Mais l'arrêt que j'attends, j'ose t'en supplier,

« A des feuilles dumoins crains de le confier ;

« Que j'entende ta voix, de peur qu'il ne s'envole,

« Faible jouet des airs ou du souffle d'Éole. »

Cependant la Sibylle au fond du souterrain

Cherche du Dieu toujours à secouer le frein.

Inutiles efforts ! plus son ame rebelle

Veut se soustraire au Dieu qui s'est emparé d'elle,

Et plus elle s'épuise en efforts impuissans,

Plus Apollon l'accable et subjugue ses sens.

Les cent portes soudain s'entrouvrent d'elles-même,

Et la Prêtresse émet sa réponse suprême :

« Guerrier qui triomphas des abymes des mers,

« Attends-toi sur la terre à de plus grands revers.

« Ton pied du sol latin touchera les rivages,

« Mais que tu paieras cher ces tristes avantages !

« Je vois briller au loin les dards étincellans,

« Et le Tibre en fureur rouler des flots sanglans.

« Tu trouveras par-tout le Simoïs, la Grèce,

« Le Xante, un autre Achille issu d'une Déesse,

« Et Junon en tous lieux attachée à tes pas.

« Quel peuple dans tes maux n'imploreras-tu pas !

« Quels lieux n'entendront point ta plainte infortunée ?

« Une épouse étrangère, un nouvel hymenée

« Causeront les revers que j'annonce aujourd'hui ;

« Mais résiste au destin et sois plus fort que lui.

« Apprends qu'un prince Grec doit contre ton attente

« Ouvrir de ton salut la carrière importante. »

    C'est ainsi que du fond de ces lieux redoutés,

Elle fait retentir d'obscures vérités,

Toujours pleine du Dieu qui l'agite et l'obsède.

Si tôt qu'à sa fureur le silence succède,

Le héros lui répond : « La guerre et les dangers,

« Prêtresse, à mes regards, ne sont point étrangers.

« J'ai prévu tous les maux que ta bouche retrace,

« Mais daigne seulement m'accorder une grace.

« Puisqu'on dit que Pluton a fixé son palais

« Sur ces bords où le Styx forme un sombre marais,

« Fais que je puisse encor voir un père que j'aime ;

« Ouvre à mes pas l'issue, et guide-moi toi-même.

« J'ai sur mon dos jadis emporté ce vieillard

« Que la flamme et le fer pressaient de toute part.

« Il a, de mon exil partageant les disgraces,

« Et des cieux et des mers affronté les menaces,

« Faible, et de ses vieux ans bravant encor le poids.

« C'est lui dont en ce jour l'impérieuse voix

« M'a conduit suppliant aux pieds de cette enceinte

« Et du père et du fils prends pitié, vierge sainte ;

« Je sais que tu peux tout, et ce n'est pas à tort

« Qu'Hécate de ces bois t'a confié le sort.

« Orphée a su jadis aux doux sons de sa lyre

« Arracher une épouse au ténébreux empire ;

« Sur les rives du Styx descendant tour à tour,

« Les deux fils de Léda conservèrent le jour ;

« Te dirai-je Thésée ou bien le grand Alcide !

« Mon père Jupiter me servira de guide. «

Il dit et de ses mains embrasse les autels.

La Prêtresse répond : « O fils des immortels,

« De l'Averne aisément on franchit la demeure,

« Le palais de Pluton est ouvert à toute heure,

« Mais reporter ses pas vers la clarté des cieux,

« C'est de tous les travaux le plus audacieux.

« Quelques nobles Guerriers que Jupiter protège,

« Ou les seuls fils des Dieux ont eu ce privilège.

« De lugubres forêts traversent le sentier

« Que coupe à flots tardifs l'Achéron tout entier.

« Mais malgré ces périls, si ton amour t'excite

« A voir deux fois le Styx et deux fois le Cocyte,

« Si dans ce fol espoir tu persistes encor,

« Écoute mes conseils. Il est un rameau d'or

« Dont la tige flexible et le brillant feuillage

« De la Reine du Styx sont le saint apanage.

« Des bois épais couverts d'une éternelle nuit

« Dérobent aux regards l'arbre qui le produit.

« Si de la branche d'or un mortel ne s'empare,

« Il ne peut pénétrer l'empire du Tartare,

« L'épouse de Pluton ne l'admet qu'à ce prix.

« Un nouveau rameau d'or succède au rameau pris ,

« Et le même métal enveloppe sa feuille.

« Va, que ton œil le cherche et que ta main le cueille

« Si l'ordre du destin t'appelle au sombre bord ,

« A tes vœux de lui-même il se rendra d'abord ,

« Autrement il résiste et triomphe sans peine

« Du fer le plus tranchant et de la force humaine.

« Mais tandis qu'en ces lieux le ciel retient tes pas,

« Un de tes compagnons frappé par le trépas

« Sur la flotte Troyenne imprime sa souillure ,

« A son corps étendu donne la sépulture ,

« Et que de noirs troupeaux lui soient sacrifiés.

« Lorsque tous les Troyens seront purifiés ,

« Tu pourras , traversant les sombres avenues ,

« Voir les rives du Styx aux vivans inconnues. «

　　Elle dit : Le héros morne et baissant les yeux ,

S'éloigne et sonde en vain l'arrêt mystérieux.

Acathe l'accompagne et ce guerrier fidèle

Partage d'un ami la tristesse mortelle.

Ils conversent ensemble et voudraient s'informer

Du nom de ce Troyen qu'ils doivent inhumer.

Si tôt que vers le port le fils d'Anchise arrive ,

Il apperçoit Misène étendu sur la rive ,

Misène dont la trompe et les sons éclatans

Savaient d'un feu guerrier remplir les combattans.

Fier de ce don sublime autant que de sa lance ,

D'Hector au champ de Mars , il suivit la vaillance ;

Mais lorsque Hector enfin eut rencontré la mort ,

Au vaillant fils d'Anchise il attacha son sort ,

C

D'un héros moins fameux dédaignant la bannière.
Mais tandis que des sons de sa conque guerrière,
Il charmait le rivage et défiait les Dieux,
On dit, si l'on en croit un rapport odieux,
Que Triton trop jaloux d'un talent qui l'irrite
Le lança sur les rocs où mugit Amphytrite.
Énée et les Troyens accablés de douleurs,
Gémissent sur son corps et le baignent de pleurs.

    Cependant les guerriers dont le zèle s'empresse
D'obéir au Décret de la sainte Prêtresse,
Font du bûcher fatal les funèbres apprêts.
On court percer les flancs des antiques forêts,
Les sapins résineux tombent avec les frênes,
La cognée à grands coups fait mugir les vieux chênes,
Et du sommet des monts les ormes descendus
Par la scie et les coins sont à l'instant fendus.
De tous ses compagnons enflammant le courage,
Énée arme sa main, et hâte leur ouvrage.
« Puisse dans les détours de tous ces bois épais, «
    Dit-il, « le rameau d'or s'offrir à mes souhaits,
« Puisque, hélas ! O Misène, un oracle céleste
« A si fidèlement prédit ton sort funeste. «
    A peine il dit ces mots, que traversant les cieux
Deux colombes soudain s'abattent sous ses yeux
Et vont se reposer sur la verte fougère.
Le guerrier reconnaît les oiseaux de sa mère,
Et joyeux il s'écrie : « Oiseaux chéris et saints,
« Daignez servir de guide à mes pas incertains,
« Et puisse votre course être ici dirigée
« Vers l'opulent rameau dont l'herbe est ombragée.

« Et toi, belle Vénus, ne m'abandonne pas,
« Protège un fils. » Il dit, et suspendant ses pas,
Observe si leur vol offre un heureux augure.
Ces oiseaux dans le bois cherchent leur nourriture,
Mais du héros Troyen l'œil ne les perd jamais.
Si tôt que de l'Averne ils trouvent les marais,
Les oiseaux s'éloignant de ces gouffres fétides
S'élèvent dans les airs sur leurs aîles rapides,
Et planant vont s'asseoir sur deux arbres jumeaux
Où l'or pur se jouait au milieu des rameaux.
Ainsi quand des hyvers tout ressent l'inclémence,
Le gui qui ne vit point de sa propre semence,
Se plaît à déployer ses bourgeons fleurissans
Et couvre un chêne ami de ses fruits jaunissans.
Ainsi l'or de la branche où le zéphir murmure,
Du feuillage touffu colore la verdure.
Saisissant le rameau qui lui résiste en vain,
Le héros le dépose au pied du roc divin.
    Cependant à Misène on s'empresse de rendre
Ces honneurs superflus que l'on doit à sa cendre.
Sur le pin résineux et le chêne entassé
Le bûcher solennel est aussitôt dressé.
Ses flancs sont revêtus de lugubres branchages,
Les sinistres cyprès prêtent leurs noirs ombrages,
Et des casques guerriers le pompeux appareil
Sur l'autel de la mort jette un éclat vermeil.
Les uns portent l'airain où les flammes s'allument,
Ceux-ci lavent le corps et d'autres le parfument.
On le couvre au milieu de longs gémissemens
De ses habits de pourpre, insignes vêtemens.

On l'étend sur un lit que les larmes arrosent,
Bientôt sur le bûcher ses amis le déposent,
Trop fatal ministère ! Et les feux d'un flambeau
Embrasent le bûcher qui lui sert de tombeau.
On entend pétiller sous une flamme active,
Les offrandes, l'encens et les flots de l'olive.
Mais quand la flamme enfin s'endort dans le repos,
On lave d'un vin pur les cendres et les os,
Et du culte sacré le ministre suprême
Dans une urne d'airain les renferme lui-même.
Puis il trempe dans l'onde un rameau d'olivier,
Au Troyen qui n'est plus dit un adieu dernier,
Tourne trois fois au tour de la lugubre enceinte,
Et sur ses compagnons il épanche une eau sainte,
Ensuite sur le dos d'un mont voisin des cieux,
Le fils d'Anchise éleve un monument pieux -
Où sa main déposa la lance et la trompette
Du guerrier malheureux que la flotte regrette.
Misène à ce côteau fut le nom réservé,
Et ce nom dans tout temps lui sera conservé.
  Cependant on s'éloigne et le héros docile
Court remplir sur le champ l'ordre de la Sibylle.
Il est un antre immense au sein des rocs épais.
Les ténèbres des bois et de sombres marais
Dérobent aux regards son énorme ouverture.
Les funèbres oiseaux avides de pâture
Jamais impunément sur ces bords n'ont plané,
Tant d'horribles vapeurs le souffle empoisonné
S'exhale dans les airs du creux de la caverne
Qui des Grecs autrefois reçut le nom d'Averne.

Là , l'on dresse un autel et le Prêtre divin
Sur quatre taureaux noirs verse des flots de vin ,
Et d'Hécate implorant la puissance suprême ,
Au brasier qui pétille il consacre lui-même
Les poils que sur leur front le saint glaive a coupés.
Bientôt du fer fatal les taureaux sont frappés ,
Et dans des vases creux leur sang fume et ruisselle.
Le héros , d'une main où le glaive étincelle ,
Appelant et la nuit et sa puissante sœur ,
Immole une brebis belle par sa noirceur ,
Et t'offre , ô Proserpine , une sombre génisse.
Au Dieu du Styx encore il fait un sacrifice ,
On jette dans le feu les taureaux tous sanglans ,
Et des flots de l'olive on arrose leurs flancs.

    Mais aux premiers rayons de l'aurore naissante ,
On entend sous les pieds la terre mugissante.
Et des monts et des bois les lointains tremblemens ,
Et des chiens vagabonds les sombres hurlemens ,
Des enfers tout-à-coup annoncent la Déesse.
« Profanes , loin d'ici , s'écria la Prêtresse ,
« Et de ces bois sacrés éloignez-vous soudain.
« Et toi , fils de Vénus , suis-moi le fer en main ,
« Marchons : que le péril et t'enflamme et t'irrite. «
Elle dit , et dans l'antre elle se précipite ,
Le héros suit ses pas d'un pas audacieux.

    Dieux souverains des morts , manes silencieux ,
Chaos et phlégéthon , lieux profonds et sans borne ,
Où dans la nuit au loin règne un silence morne ,
Que votre saint aveu m'autorise à parler !
Qu'il me soit en ce jour permis de révéler

Des faits ensevelis dans les abymes sombres.

Seuls ils marchaient, couverts de l'épaisseur des ombres,

Dans ces sentiers obscurs qui mènent aux enfers,

Solitude profonde et royaumes déserts.

C'est ainsi qu'on traverse une forêt lointaine,

Aux perfides clartés d'une lune incertaine,

Lorsqu'une épaisse nuit tombant de toutes parts,

Efface les couleurs et trompe les regards.

　　Sur le seuil ténébreux de l'infernal abyme,

Sont couchés tristement la faim mère du crime,

La pâle maladie et les chagrins rongeurs,

La honteuse indigence et les remords vengeurs,

(Fantômes effrayans) et la vieillesse austère,

Et la crainte et la mort et le sommeil son frère,

La guerre dont le bras moissonne les mortels,

Le travail et du cœur les plaisirs criminels.

Là sur des lits de fer veillent les Euménides,

Et la folle Discorde aux couleuvres livides

Qui forment ses cheveux de leurs replis sanglans.

Au milieu croît un orme aux longs bras chargés d'ans.

Là des songes, dit-on, l'essaim léger voltige,

S'attache à chaque feuille et court sur chaque tige.

Ici s'offrent encor des monstres inhumains.

Les Centaures affreux, Briarée aux cent mains,

Les Scylles aux deux fronts, les Gorgones impies,

Géryon aux trois corps, les immondes Harpies,

L'Hydre qui pousse au loin d'horribles sifflemens,

Et la Chimère au sein armé d'embrasemens.

Le héros que saisit une prompte épouvante

Veut opposer son fer à la foule mouvante,

Et si son guide saint ne l'eût pas informé
Que de légers esprits au corps inanimé
Voltigeaient dans la nuit sous cette forme vaine,
A les combattre tous il eut perdu sa peine.

    Vers le sombre Achéron un long sentier se rend.
C'est là qu'un gouffre immense, impétueux torrent,
Bouillonne, et dans le Styx roule un limon fétide.
L'effroyable Caron à ces fleuves préside.
D'un sale vêtement ses membres sont couverts,
Ses poils sont hérissés, blanchis par mille hyvers.
Sa pâleur fait frémir, ses yeux lancent la flamme ;
Il dirige lui-même et la voile et la rame,
Et dans son triste esquif peint des couleurs du fer,
Le Dieu conduit les morts aux rives de l'enfer.
Quoique vieux, il possède une verte vieillesse.
Là, de manes errans une foule s'empresse.
On y voit des guerriers naguères triomphans,
Des mères, des époux, des vierges, des enfans,
Et des fils plus âgés, dont les bûchers funestes
Sous l'œil même d'un père ont dévoré les restes.
Telles pendant l'automne et dans les premiers froids
Les feuilles par milliers tombent au fond des bois,
Ou tel, de ces oiseaux prêts à partir ensemble,
Dans les champs défleuris l'essaim nombreux s'assemble,
Lorsque l'âpre saison qui porte les frimats
Leur fait prendre l'essor vers de plus doux climats.
Chacun en vain du Dieu réclame un prompt passage,
Et de ses faibles mains montre l'autre rivage,
Mais les uns sont reçus par le triste nocher,
Et les autres du bord n'oseraient approcher.

« Que demandent, dis-moi, ces ames empressées !

« Que j'apprenne pourquoi les unes sont chassées,

« Quand les autres sur l'heure admises dans le port,

« Fendent de l'aviron les gouffres de la mort «,

Dit le guerrier surpris à l'antique Prêtresse.

La Sibylle répond : » ô fils d'une Déesse,

« Du Cocyte et du Styx tu vois les noirs marais,

‹ Que les Dieux même en vain n'ont attesté jamais.

« Ce nocher c'est Caron : cette foule allarmée

« Qu'il chasse loin de lui, ne fut point inhumée,

« Et tous ceux que le Dieu reçoit dans son bateau

« Ont reçu dès long-temps les honneurs du tombeau.

« Sans ces conditions, ne crois pas qu'on franchisse

« Ces torrens orageux et ce noir précipice ;

« Quand les manes cent ans ont erré sur ces bords,

« Ils descendent enfin dans la barque des morts «.

Là le héros s'arrête, et l'ame consternée,

Réfléchit sur leur sort et plaint leur destinée ;

Quand il voit tout à coup paroître au milieu d'eux,

Oronte et Leucaspis, guerriers trop malheureux,

Qui des murs d'Ilion sur un vaisseau partirent,

Et qu'au milieu des mers les vagues engloutirent.

A ses yeux s'offre encor son pilote affidé,

Qui contemplant les cieux dont il étoit guidé,

Tomba loin de la poupe et disparut dans l'onde.

Dès qu'il le reconnaît dans cette nuit profonde,

« Dis : quel Dieu dans les flots t'a donc précipité ?

« Apollon qui toujours me dit la vérité,

« M'aura séduit enfin par ses trompeurs présages,

« Tu devais, disait-il, échappant aux orages,

« Dans les ports d'Ausonie arriver avec moi,

« Palinure, est-ce ainsi qu'il a tenu sa foi?

   « N'accuse point, dit-il, Apollon d'injustice,

» Fils des Dieux, de ma mort aucun d'eux n'est complice.

« J'ai moi seul entraîné dans l'humide élément

« Le gouvernail par moi tourné trop fortement.

« Oui, j'atteste des mers la puissance suprême,

« Que j'ai frémi pour toi bien plus que pour moi-même,

« J'ai craint que ton vaisseau privé de mes secours,

« Contre l'onde et les vents ne pût lutter toujours.

« L'aquillon m'accablant de ses froides haleines

« Me promena deux nuits sur les liquides plaines.

« Quand le troisième jour aux mortels fut rendu,

« Du sommet d'une vague où j'étois suspendu,

« Je découvris de loin les côtes d'Hespérie,

« Déjà j'avais atteint cette plage chérie,

« Quand des peuples armés que rien ne pût fléchir,

« D'une faible dépouille espérant s'enrichir,

« M'attaquèrent chargé de vétemens humides

« Et gravissant des mains les rocs les plus arides.

« Le fer trancha ma vie, et depuis sur ces bords

« Les ondes et les vents se disputent mon corps.

« Sur ce corps étendu jette un peu de poussière.

« Par les airs, par les cieux et leur douce lumière,

« Par Anchise et ton fils ce jeune et tendre espoir,

« Sauve-moi de mes maux, tu n'as qu'à le vouloir.

« Cours au port de Vélie, ou bien plutôt par grace,

« Si ta mère Vénus guide ici ton audace,

« (Car je ne pense point que sans l'ordre des Dieux

« Tu traversas vivant ces marais odieux)

« Que vers l'autre rivage avec toi je me rende ,
« Pour y goûter au moins la paix que je demande ,
« Tends-moi la main. » Quel vœu ton cœur a-t-il formé ?
Dit la Prêtresse » : eh ! quoi, n'étant point inhumé ,
« Tu prétendrais du Styx passer l'onde livide ,
« Et voir les sombres lacs et la triple Euménide.
« Ta prière des Dieux ne peut changer l'arrêt ,
« Mais que ton avenir console ton regret.
« Plusieurs peuples frappés de prodiges sans nombre
« Par des vœux solennels appaiseront ton ombre.
« Un superbe tombeau te doit être dressé
« Sur la plage où ton corps repose délaissé ,
« Et ce lieu doit toujours se nommer Palinure. »
Le malheureux guerrier qu'un tel espoir rassure
Est flatté qu'un pays s'appelle de son nom.
    Cependant le héros descend vers l'Achéron.
Si tôt que le nocher du ténébreux rivage
Le voit de la forêt franchir l'épais ombrage :
« Mortel armé qui viens porter ici tes pas , »
Dit-il, « Que cherches-tu ? Parle , et n'avance pas.
« Tu vois dans ce séjour les ombres pacifiques ,
« Le sommeil et la nuit aux dons soporifiques.
« Ma barque est refusée à tout être vivant.
« Sais-tu bien que Caron s'est repenti souvent
« D'avoir conduit jadis sur la rive opposée
« Pirithoüs , Alcide et le hardi Thésée ,
« Tous fils des Dieux , et grands par leurs exploits divers.
« L'un d'un bras redoutable ose charger de fers
« Cerbère , qu'à Pluton il enleva lui même.
« Ceux-là tentent en vain dans leur audace extrême

« De ravir une épouse au Roi de l'Achéron. „

   La Sibylle en ces mots répondit à Caron :

« Loin de nous ces projets ; éloigne toute crainte,

« Ces armes n'ont jamais employé la contrainte.

« Que l'éternel gardien de ces fleuves dormans

« Épouvante les morts de ses longs hurlemens,

« Et puisse Proserpine à son époux fidèle

« Rester toujours aux lieux où son devoir l'appelle.

« Énée aussi vaillant qu'il est religieux,

« Pour embrasser un père ose aborder ces lieux.

« Si cet excès d'amour n'offre rien qui t'émeuve,

« Que de nos droits au moins ce rameau soit la preuve. „

Soudain Caron s'appaise et d'un œil étonné

Admirant la splendeur du rameau fortuné

Que depuis si long-temps n'a point vu cette rive,

Il fait voguer sa nef et bientôt il arrive.

Puis il dispose tout et plaçant à l'écart

Les ombres dont le Dieu prépare le départ,

Il reçoit le héros. La fragile nacelle

Sous le poids qui l'accable et gémit et chancelle,

Et d'une eau croupissante elle s'emplit d'abord.

Énée et la Sibylle atteignent l'autre bord,

Le nocher les dépose et tous deux ils franchissent

Un marais limoneux que des roseaux noircissent.

   Cerbère dans un antre où gît son vaste corps

De son triple aboyement fait résonner ces bords.

Déjà de longs serpens se dressent sur ses têtes.

La Sibylle à l'aspect de leurs sanglantes crêtes

Jette au monstre une pâte au suc assoupissant.

Ouvrant ses trois gosiers, et de faim rugissant

Il dévore la proie, il s'étend et se roule,
Et couvre de son corps l'antre immense qu'il foule.
Il s'endort. Le guerrier précipite ses pas,
Et traverse ces bords qu'on ne repasse pas.
Bientôt de toutes parts il entend sur ces rives
De longs gémissemens mêlés aux voix plaintives
Des enfans qui privés des doux rayons du jour,
Et du sein maternel arrachés sans retour,
Répandirent des pleurs sur le seuil de la vie
Qui par un sort cruel leur fut trop tôt ravie.
On apperçoit près d'eux tous ces infortunés
Par un faux jugement à la mort condamnés,
Là chacun par le sort à sa place prescrite.
Le sévère Minos agite l'urne, et cite
Tous les manes muets qui viennent à sa voix
Révéler leur conduite et recevoir ses lois.
Non loin, du désespoir sont ces tristes victimes
Qui d'un bras que jamais n'avaient souillé les crimes,
Attentent à leur vie, et qui du jour lassés
D'un poids trop importun se sont débarrassés.
Qu'ils voudraient maintenant au séjour de la vie
Souffrir la pauvreté de longs travaux suivie ;
Le destin les repousse et le Styx mugissant
Les entoure neuf fois d'un limon croupissant
Et de ses longs replis pour jamais les enchaîne.
   Ils s'éloignent. Bientôt une route prochaine
Découvre à leurs regards la campagne des pleurs.
Là ceux qu'un long amour rongea de ses douleurs,
S'enfoncent dans des lieux solitaires et sombres
Qu'une forêt de myrte embrasse de ses ombres ;

La mort de leurs chagrins ne les a pas guéris.
Ou voit Pasiphaé, Phèdre, Evadné, Procris,
Ériphile montrant son sein pâle et livide
Qu'osa percer jadis une main parricide,
Enfin Laodamie et Cénis que les Dieux
Transformèrent en homme, et qui dans ces bas lieux
A repris pour toujours sa première figure.
   Didon saignant encor de sa vive blessure
Errait, et le héros l'entrevit dans un bois,
Comme l'on voit la lune aux premiers jours du mois
Ou que l'on croit la voir s'échapper d'un nuage.
Il l'aborde en pleurant et lui tient ce langage :
« Malheureuse Didon, il n'est que trop certain
« Que ton bras par le fer termina ton destin.
« Oui, j'ai causé ta mort, Reine, mais j'en atteste
« Les astres, les enfers et le courroux céleste
« Que j'ai malgré moi-même abandonné ta cour.
« Oui, oui ; ces mêmes Dieux qui veulent en ce jour
« Que je porte mes pas sur ces rives funèbres
« Qu'habitent l'épouvante et les pâles ténèbres,
« M'imposèrent la loi de te fuir sans retard.
« Aurais-je dû penser que ce triste départ
« Causerait les douleurs dont tu devins la proie ?
« Arrête, qui fuis-tu ! Souffre que je te voie,
« Ce sont les derniers vœux que je puis exprimer.
   Le guerrier par ces mots s'efforce de calmer
Le courroux d'une amante et son regard farouche, »
Mais envain les regrets échappent de sa bouche,
Elle est sourde à sa voix comme un roc de Paros.
Enfin elle s'échappe et fuyant le héros,

S'enfonce dans un bois où son époux Sichée
Lui prodigue des soins dont son ame est touchée.
Le fils d'Anchise ému par de si grands malheurs
La suit des yeux, s'éloigne et sent couler ses pleurs.
   Ils arrivent bientôt aux limites dernières,
Lieux paisibles peuplés par les ombres guerrières.
Là s'offrent près d'Adraste au front plein de pâleur
Tydée et Parthenope égaux par leur valeur.
Énée en gémissant voit encor Polybète
Du culte de Cerès autrefois interprête,
Thersiloque, Glaucus, les trois fils d'Anténor,
Médon, Idée enfin qui se plaisait encor
A conduire des chars et manier des armes,
Troyens dont le trépas fit verser tant de larmes.
Ces manes dont la foule acccourt de toutes parts
Fixent sur le héros leurs avides regards.
On le suit, on l'arrête, et tous brûlent d'apprendre
L'objet qui sur ces bords l'oblige de descendre.
Mais les chefs de la Grèce et tous leurs combattans,
A l'aspect du héros et des feux éclatans
Dont ses armes perçaient l'obscurité mouvante,
D'un pas rapide et prompt reculent d'épouvante,
Tels que vers leurs vaisseaux ils fuyaient autrefois.
D'autres veulent lever une débile voix,
Mais c'est en vain : leur voix meurt à demi formée.
   Déiphobe suivait cette troupe allarmée.
Ce Prince à qui jadis des monstres inhumains
Mutilèrent la tête et tranchèrent les mains,
Cachait en détournant son difforme visage,
D'un corps déshonoré l'épouvantable image.

Enée enfin l'aborde et lui parle en ces mots :

« O toi , fils de Priam , magnanime héros ,

« Dis ! Quel barbare a pu trouver quelques délices

« A prodiguer sur toi ces infâmes supplices !

« Dans la nuit où le feu dévora nos remparts ,

« J'appris que tu tombas , percé de toutes parts ,

« Sur la foule des Grecs par ton glaive immolée.

« Sur le port de Rhétus dressant un mausolée

« J'y fis graver ton nom , et même à haute voix

« Les vœux de ton ami t'appellèrent trois fois ,

« Car je ne pus te voir dans cette nuit fatale ,

« Ni déposer tes os sur ta glèbe natale. »

Déiphobe répond : « Grace à tes soins amis ,

« Mon ombre est satisfaite et tu n'as rien omis.

« La trahison d'Hélène et le sort qui m'opprime

« Ont seuls causé les maux dont je suis la victime.

« De perfides amours c'est le gage dernier.

« Tu te souviens , (jamais pourrions-nous l'oublier)

« Tu te souviens encor de cette fausse joie

« Qui s'empara de nous la nuit où tomba Troye ,

« Quand , les flancs tout chargés de soldats ennemis ,

« Le funeste cheval dans nos murs fut admis.

« Autour d'elle bientôt rassemblant les Bacchantes ,

« Hélène dirigeait leurs fêtes turbulentes ,

« Et la torche à la main animant leurs transports ,

« Elle appelait les Grecs du milieu de nos forts.

« Fatigué de mes maux et des clameurs publiques ,

« Je m'étais retiré sous mes toits domestiques ,

« Et bientôt du sommeil les pavots tout-puissans

« Sur ma couche fatale accablèrent mes sens.

« Tandis que du repos je savourais les charmes,

« Mon épouse perfide enlève avec mes armes

« Le glaive qui la nuit ne me quittait jamais,

« Ensuite à Ménélas elle ouvre mon palais.

" Sans doute elle espérait qu'une action si noire,

" De ses crimes passés effaçant la mémoire,

" Aux yeux d'un tel amant serait de quelque prix.

" Que dis-je ! Sur ma couche on se jette à grands cris ;

" Les monstres sont guidés par le perfide Ulysse.

" Si je n'implore ici qu'un bien juste supplice,

" Dieux, réservez aux Grecs un traitement pareil !

" Mais sur ces tristes bords privés du doux soleil,

" Qui t'oblige vivant à chercher un passage ?

" N'as-tu pu te soustraire aux fureurs de l'orage !

" Est-ce l'avis des Dieux ou bien quelque hazard !

" Parle, de tes projets daigne me faire part ? „

L'astre brillant du jour sur son char de lumière

Terminait la moitié de sa prompte carrière.

La Sibylle craignant que tous ces vains discours

Du terme limité n'épuisassent le cours

Par cet avis prudent ose interrompre Énée :

" La nuit vient, et nos pleurs consument la journée.

" Vois. A tes vœux ici deux sentiers sont ouverts ;

" L'un conduit au palais du maître des enfers,

" Et le même chemin mène vers l'élisée.

" Si tu guides tes pas vers la route opposée,

" Tu verras le Tartare où de longs châtimens

" Punissent des mortels tous les déréglemens.

" Prêtresse, calme-toi, répliqua Déiphobe,

" Dans la foule des morts soudain je me dérobe.

„ Et

« Et toi , de notre nom la gloire et le soutien ,

« Adieu , jouis d'un sort plus heureux que le mien. „

A ces mots il s'enfonce aux ténébreuses voûtes.

    Énée au même instant apperçoit les deux routes ,

Il marche vers la gauche et bientôt ses regards

Découvrent devant lui sous des rochers épars

Une vaste prison qu'un triple mur couronne.

Autour de ces cachots le Phlégéthon bouillonne ,

Et ce fleuve à grand bruit roulant des rocs entiers

De ses vagues de feu baigne ces noirs sentiers.

La tour bâtie en fer s'élève dans la nue.

Sur de larges piliers la porte est soutenue ,

Et l'homme avec les dieux se liguerait en vain

Pour briser ces remparts formés d'un triple airain.

De lambeaux teints de sang Tysiphone habillée

Garde ces longs parvis , nuit et jour éveillée.

De là sortent sans cesse et des gémissemens ,

Et des fouets déployés les cruels sifflemens ,

Et les roulemens sourds et du fer et des chaînes.

« O Prêtresse , quels sont ces forfaits et ces peines ,

« Dit le héros Troyen qu'épouvante ce bruit ,

« D'où vient que ces sanglots percent la sombre nuit ?

« Le mortel vertueux , répond la vierge sainte ,

« N'a pas droit de franchir cette coupable enceinte.

« Seule j'y descendis , lorsque Hécate autrefois

« De l'Averne sacré me confia les bois.

« Elle y guida mes pas et je vis les supplices

« Dont le courroux des dieux chatiait tous les vices.

« Rhadamante aux mortels y dicte ses décrets ,

« Et sondant de leurs cœurs tous les replis secrets ,

Leur arrache l'aveu de ces crimes sans nombre
Qu'ils se flattaient en vain d'ensevelir dans l'ombre
Et qu'avant leur trépas ils n'ont point expié.
Soudain d'un fouet vengeur les frappant sans pitié,
Tysiphone aux tourmens ajoute encor l'outrage,
De ses serpens contre eux elle irrite la rage,
Et convoque ses sœurs par des cris menaçans.

    Roulant avec fracas sur leurs gonds frémissans
S'entr'ouvrent tout-à-coup les infernales portes.
" Vois-tu sous ces parvis ces affreuses cohortes, „
Ajoute la Sibylle, " et quel monstre inhumain
" Du Tartare effrayant nous ferme le chemin ?
" Au dedans est une hydre et ses cinquantes têtes
" Ont pour tout dévorer leurs gueules toujours prêtes.
" Dans des gouffres profonds le Tartare s'étend,
" Et ses pieds dans la nuit plongent deux fois autant
" Que s'élève sur nous le séjour du tonnerre.
" Là j'ai vu les Titans ces vieux fils de la terre,
" Que du grand Jupiter les foudres irrités
" Dans ces cachots hideux avaient précipités.
" J'ai vu dans les enfers expier leur démence,
" Les deux fils d'Aloée à la stature immense,
" Qui voulurent jadis d'un bras audacieux
" Détrôner Jupiter et renverser les cieux.
" Dans les tourmens encor j'apperçus Salmonée
" Qui tenta sous les yeux de l'Élide étonnée
" D'imiter l'incendie et le fracas des airs.
" Ce prince armé de feux et lançant des éclairs
« Promenait sur un char sa triomphante ivresse,
« Et des honneurs divins exigeait la promesse.

« L'insensé par le bruit d'un pont bâti d'airain

« Que ses quatre coursiers font résonner en vain,

« Crut imiter des dieux la foudre inimitable ;

« Mais Jupiter sur lui lance un trait véritable,

« (L'immortel n'était point armé de vains flambeaux)

« Et le plonge vivant dans ces vastes tombeaux.

« Là je vis Tityus et sa longue infortune.

« Immense nourrisson de la mère commune,

« Son corps de neuf arpens embrassait le contour.

« Attaché sur le monstre, un énorme vautour,

« De ses ongles cruels lui déchire le foie,

« Et trouvant dans son sein une immortelle proie,

« Ronge ses flancs impurs, féconds pour les tourmens,

« Cherche dans leurs replis de nouveaux alimens,

« Et son bec recourbé sans relâche dévore,

« Son cœur qui meurt, renaît, meurt et renaît encore.

« Te parlerai-je ici de la punition,

« Et de Pirithoüs et du triste Ixion ?

« Sur leur tête s'incline une roche étendue,

« Toujours prête à tomber et toujours suspendue.

« L'un foulant le duvet d'un lit voluptueux,

« Voit un banquet couvert de mets plus somptueux,

« Que n'en offre des Rois le faste et la mollesse ;

« Mais Alecton dressant sa torche vengeresse,

« Fait mugir les enfers de ses cris inhumains,

« Et du pâle convive elle écarte les mains.

« Ceux qui pendant leur vie ont détesté leurs frères,

« Ou trahi leurs cliens ou chassé leurs vieux pères,

« Ceux qui couvant leur or enfoui sans témoins,

« N'ont pas de leur famille adouci les besoins ;

« L'adultère puni d'un trépas légitime,

« Celui qui s'enrôla sous les drapeaux du crime,

« Ou qui de ses patrons dévoila le secret,

« Renfermés dans ces lieux attendent leur arrêt.

« Ne me demande point quels sont tous leurs supplices?

« L'un traîne un roc pesant du fond des précipices :

« Lié sur une roue, un autre en suit le cours ;

« Le malheureux Thèsée est assis pour toujours,

« Et Phlégias que ronge un désespoir funeste,

« Fait entendre ces mots aux manes qu'il atteste,

« Pratiquez la justice et respectez les dieux.

 « L'un vendit sa patrie au despote odieux,

« Dont l'or paya bien cher son infame service,

« Ou trafiqua des lois au gré d'un vil caprice.

« Dans le lit de sa fille avec force introduit,

« D'un sacrilège hymen l'autre goûta le fruit ;

« A ces grands criminels tout parut légitime,

« Et tous avec audace ont joui de leur crime.

« Non, non, fils de Vénus, quand j'aurais à la fois

« Une langue de fer, cent bouches et cent voix,

« Je ne pourrais encor dans mes sombres peintures,

« Tracer tous les forfaits et toutes les tortures.

« Mais poursuis ton voyage, et redoublons nos pas ;

« A remplir ton devoir, Prince, ne tarde pas, «

Continue en ces mots la prudente Sibylle.

« J'apperçois à travers l'obscurité mobile

« Le palais de Pluton et ces remparts de fer,

« Que les fils de Vulcain forgèrent pour l'enfer.

« Va suspendre tes dons aux portes de la voûte «.

 Elle dit, et prenant le milieu de la route,

Ils marchent et bientôt ils atteignent ces murs.
Énée entre soudain sous leurs parvis obscurs,
Et versant sur son corps une fraîche rosée,
Attache le rameau sur la porte opposée.
Dès qu'ils ont satisfait aux volontés des dieux,
Ils découvrent eufin les champs délicieux,
Les bosquets fortunés et les tranquilles plaines.
Là règne un air plus pur, et ses douces haleines,
Revêtent les vallons d'un éclat plus vermeil.
Ces climats ont leurs cieux, leurs astres, leur soleil.
Les heureux habitans de ces lieux de délices
S'abandonnent sur l'herbe à de doux exercices,
Ou luttent sur le sable ou font des jeux divers.
Favoris d'Apollon, d'autres chantent des vers,
Ou leurs pieds cadencés se meuvent avec grace.
Vêtu de longs habits, le chantre de la Thrace,
Employant tour-à-tour et l'ivoire et les doigts,
Pince son luth sonore aux accens de sa voix.
Là, des princes Troyens sont les illustres pères,
Héros fameux, tous nés dans des temps plus prospères,
Assaracus, Teucer et le grand Dardanus,
Qui fonda d'Ilion les remparts si connus.
Énée est tout surpris de voir dans ces bocages
Des casques et des chars, belliqueuses images.
Des lances couvrent l'herbe, et de nombreux coursiers
Paissent, libres du frein, loin de tous ces guerriers
A qui le soin des chars, des chevaux et des armes,
Même après leur trépas offrait toujours des charmes.

D'autres manes épars dans ces riants bosquets,
Chantoient des vers joyeux ou dressaient leurs banquets

Dans un bois de laurier à la feuille odorante,
Où l'Éridan promène une onde transparente.
Et le chaste pontife et le mortel pieux,
Qui composa toujours des vers dignes des dieux,
Ceux qui dans les combats s'élançant avec zèle
Sauvèrent leur patrie en expirant pour elle,
Les inventeurs des arts, ceux qui dans l'avenir
Laissent de leurs bienfaits l'immortel souvenir,
Couronnés d'un lin blanc tous peuplaient l'élisée.
L'antique Prophétesse appercevant Musée,
Qui surpassait du front tous ces manes épars,
Dont la foule empressée accourt de toutes parts,
Leur dit : manes heureux, et toi docte poëte,
« Parlez ! que fait Anchise et quelle est sa retraite ?
« Nous avons pour le voir franchi les sombres flots. «
Musée au même intant lui répond en ces mots :
« Nous n'avons point ici de demeures certaines,
« Nous habitons les bois ou les bords des fontaines,
« Ou des prés dont les eaux rajeunissent le sein.
« Toutefois, fils des Dieux, si tel est ton dessein,
« Monte sur ce côteau par ce sentier facile.
A ces mots il conduit Enée et la Sibylle,
Et du haut du sommet leur montre les beautés,
Que les champs et les bois offraient de tous côtés.
Ils arrivent enfin au pied de la colline.
Les ames dont un jour la volonté divine,
Veut remplir d'autres corps pour peupler l'univers,
Habitaient dans ce lieu des vallons toujours verts.
Anchise en ce moment cherchait à reconnaître,
Tous ceux que de son sang le sort doit faire naître

Et comptait leurs destins, leurs mœurs et leurs ex   )\   .

   Si tôt qu'il voit son fils dans ces paisibles bois,

Il lui tendit la main dans sa vive alégresse,

Et laissant échapper des larmes de tendresse :

« Il est enfin venu ce jour tant souhaité,

« Et ton pieux amour sur qui j'ai tant compté,

« D'un voyage pénible a vaincu les traverses.

« Après un si long cours d'infortunes diverses,

« Nous pouvons nous parler, nous entendre et nous voir.

« Oui, mes pressentimens ont rempli mon espoir.

« J'ai calculé les temps, et j'étais sûr d'avance,

« Que je devais bientôt jouir de ta présence.

« Quel péril sur les mers n'as-tu pas éprouvé !

« De combien de fléaux ne t'es-tu point sauvé !

« Mais que j'ai craint sur-tout ton séjour de Carthage ! «

Le Héros lui répond : « oui, c'est ta seule image,

« Qui s'offrant jour et nuit à mes tristes regards,

« M'a fait du dieu des morts franchir les noirs remparts.

« Ma flotte couvre en paix la mer Tyrrhénienne,

« Souffre qu'en ce moment ma main presse la tienne,

« Et ne t'arrache point à mes transports joyeux «.

Il dit, et mille pleurs s'échappent de ses yeux.

Trois fois il tend les bras pour embrasser un père,

Et trois fois il sent fuir cette image si chère,

Comme un songe mobile ou le souffle des airs.

   Cependant le Héros dans des vallons déserts,

Apperçoit un bosquet, mystérieux asyle,

Qu'arrose le Lethé de son onde tranquille.

Mille peuples divers voltigeaient sur ces bords.

Ainsi quand le printemps étale ses trésors,

Sur la tige des fleurs les abeilles s'étendent,
Ou sur l'argent des lys en groupe se suspendent,
La pleine retentit de leur bourdonnement.
Énée alors demande avec étonnement,
Quel est le nom du fleuve, et quel motif engage,
Tous ces manes nombreux à couvrir le rivage.
« Les ames, dit Anchise, à qui dans l'avenir
« De nouveaux corps mortels doivent appartenir,
« Dans les eaux du Léthé qui coule dans ces plaines,
« Boivent le long oubli de leurs antiques peines.
« Cent fois j'ai souhaité dans mes transports ardens
« De pouvoir à tes yeux compter mes descendans,
« Afin que leur aspect te fasse davantage
« Chérir les champs latins promis à ton courage.
« Quoi ! remontant, mon père, au terrestre séjour,
« Ces ames à des corps devraient s'unir un jour !
« D'où leur vient pour la vie une ardeur téméraire !
« En peu de mots, mon fils, je te vais satisfaire »,
Lui répondit Anchise, et dans le même temps,
Il dévoile à ses yeux des secrets importans.
« Apprends d'abord qu'une ame et puissante et féconde,
« Alimente à la fois le feu, les airs et l'onde,
« Et la terre et la lune au disque radieux,
« Et tous ces globes d'or qui roulent dans les cieux.
« Dans les veines du monde elle entre toute entière,
« Et de ce vaste corps agitant la matière,
« Produit l'hôte des bois et des champs et des airs,
« L'homme et ces lourds troupeaux que nourrissent les mers.
« Dans l'essence d'un Dieu puisant leur origine,
« Ils furent tous doués d'une vigueur divine,

« Autant qu'un corps terrestre et sujet au trépas,

« Par son fardeau grossier ne la rallentit pas.

« C'est par là qu'en leur sein tour-à-tour se déploie

« La crainte ou le désir la douleur ou la joie :

« Mais ces esprits cachés dans leur sombre prison

« Ne peuvent d'un Ciel pur entrevoir l'horison.

« Bien plus, en déposant sa dépouille mortelle,

« L'ame conserve encor sa tache criminelle,

« Et le vice hideux que le corps a produit,

« Jamais dans les enfers ne peut être détruit,

« Si de longs repentirs n'effacent les souillures.

« Les manes sont alors contraints par des tortures

« D'expier les forfaits qu'ils commirent vivans.

« L'un, suspendu dans l'air, flotte jouet des vents,

« Les autres sont plongés dans les vagues d'un fleuve,

« Ou d'une flamme active ils subissent l'épreuve.

« Tous ont un dieu, vengeur de leurs crimes divers ;

« De l'élisée enfin les champs leur sont ouverts,

« Mais peu sont introduits dans ces rians bocages,

« Avant le temps marqué par le cercle des âges,

« Où les ames, du corps dépouillant la laideur,

« Du ciel qui les créa reprennent la splendeur.

« Toutes après un cours de dix fois cent années,

« Sur les bords du Léthé par un dieu sont menées ;

« Afin que de leurs maux perdant le souvenir,

« A d'autres corps sur terre elles veuillent s'unir.

    A ces mots il conduit Enée et la Sibylle,

Dans le cercle bruyant de la foule mobile,

Et d'une humble colline il offre à leurs regards

Les manes qui vers eux marchent de toutes parts.

« Apprends de moi, mon fils, ajoute encore Anchise,

« Au peuple d'Ilion quelle gloire est promise,

« Suis dans les champs latins tes fils victorieux,

« Et connois de ton sang les destins glorieux.

« Vois ce jeune guerrier que soutient une lance,

« Vers les portes du jour le premier il s'avance ;

« Son nom est Sylvius, mais par l'arrêt du sort,

« Il ne verra le jour que quand tu seras mort.

« Unie à ta fortune, une épouse étrangère,

« Au déclin de tes ans doit t'en rendre le père,

« Mais ce fils deviendra le chef de tous ces Rois,

« Qui dans Albe long-temps imposeront des lois.

« Après lui vient Procas, la gloire de ta race,

« Capys et Numitor le suivent sur la trace.

« Cet autre Sylvius fera revivre un jour,

« Si sur le trône d'Albe il s'assied à son tour,

" La piété, le nom et la valeur d'Énée.

" Apprends encor, mon fils, la noble destinée

" De ces jeunes héros dont le front est couvert

" Du feuillage immortel d'un laurier toujours vert,

" L'un fondera Nomente et l'autre Pométie,

" D'autres sur des côteaux placeront Collatie

" Que doit d'une romaine illustrer la pudeur ;

" Ceux-là doivent enfin bâtir avec splendeur

" Et Gabie et Fidène, Inuus, Bole et Core ;

" Un nom célèbre attend ces lieux obscurs encore.

" Romulus, noble fils d'Ilie et du dieu Mars

" A ceux de son aïeul joindra ses étendards.

" Vois et sa double aigrette et cet éclat suprême

" Dont le grand Jupiter le fait briller lui-même.

« Mon fils, c'est par les soins de ce héros latin,

« Que Rome accomplissant son glorieux destin,

« Renfermera sept monts dans son enceinte immense,

« Et que des demi-dieux égalant la vaillance,

« Elle étendra par tout ses drapeaux triomphans,

« Fière d'avoir porté tant d'illustres enfans.

« C'est ainsi que de tours la tête couronnée,

« Cybèle dans nos murs sur un char est traînée,

« Et compte avec orgueil cent petits-fils, tous dieux,

« Et tous du vaste olympe habitans radieux.

   « Contemple maintenant cette foule qui passe,

« Et connais des Romains la glorieuse race.

« Vois s'avançant un jour vers l'immortalité

« César et ton Ascagne et sa postérité.

« Le voilà ce héros objet de cent promesses,

« Cet auguste César fils de tant de déesses.

« Au sein du latium il fera naître encor

« Le règne de Saturne et l'heureux siècle d'or.

« Apprends qu'il doit soumettre à son puissant empire

« L'Inde et le Garamante, et tout ce qui respire

« Loin des signes connus de l'année et du jour;

« Il portera des fers jusques dans ce séjour

« Qui voit Atlas courbé sous la voûte éclatante.

« Déjà tout l'univers frémit dans son attente;

« Et le lac Méotide et ce vaste canton

« Que la mer Caspienne a doté de son nom,

« Et les vagues du Nil fier de sept embouchures,

« Tremblent, épouvantés par d'antiques augures.

« Alcide fut moins prompt même alors que sa main

« Perça du trait fatal la biche aux pieds d'airain,

« Rendit le calme heureux aux forêts d'Erymanthe

« Ou dans de noirs marais dompta l'hydre écumante.

« Le dieu qui ramenant son char victorieux

« Lance à travers les monts des tigres furieux

« Qu'il guide avec un frein que le pampre décore,

« Dans ses hardis travaux fut moins illustre encore;

« Et nous balancerions à braver le trépas,

« Et dans les champs latins nous ne resterions pas!

« Mais qui fend loin de nous la troupe fugitive,

« Le front ceint du rameau qui voit croître l'olive.

« Des instrumens sacrés reposent dans ses mains;

« C'est un législateur, c'est un roi des romains,

« Mon fils, je reconnais sa blanche chevelure.

« Quittant son champ modeste et sa ville de Cure,

« Il sera de l'empire et le chef et l'appui.

« L'audacieux Tullus doit régner après lui.

« Vois-le dans nos remparts réveiller les allarmes.

« Sa belliqueuse ardeur fera voler aux armes

« Les Romains, qui plongés dans une douce paix

« Dès long-temps du triomphe oubliaient les attraits.

« Il est suivi d'Ancus, qui fier du don de plaire,

« Brigue avec trop d'éclat la faveur populaire.

« Voilà les rois Tarquins, et près d'eux tu peux voir

« Brutus, du consulat acceptant le pouvoir.

« La hache et les faisceaux formeront son cortège.

« Ses fils osent tramer un complot sacrilège,

« Brutus par leur trépas venge la liberté.

« Ah ! quelque soit l'avis de la postérité,

« L'amour de la patrie et la soif de la gloire,

« Père trop malheureux, défendront ta mémoire.

« Contemple Torquatus une hache à la main,
« Et Drésus et Décie, et ce vaillant romain,
« Camille rapportant des bannières flottantes.
   « Vois-tu ces deux héros aux armes éclatantes !
« Hélas ! ils sont amis dans ce séjour de paix,
« Tant que la nuit sur eux étend un voile épais,
« Mais qu'ils soulèveront de peuplades guerrières,
« Si jamais de la vie ils touchent les barrières.
« Que de combats affreux et que de sang versé !
« Du haut des monts Alpins le beau-père élancé
« Attaquera son gendre armant pour sa querelle
« Les peuples que l'aurore a vu naître près d'elle.
« O mes fils, suspendant vos criminels débats,
« Du sein de la patrie écartez les combats,
« Toi sur-tout, qui des dieux vois descendre ta race,
« Rejette au loin ce fer, ô mon sang, et fais grace.
   « Celui-ci prend Corinthe, et vainqueur glorieux
« Guidera dans nos murs son char victorieux.
« L'autre d'Agamemnon renversera la ville,
« Chassera de son trône un petit-fils d'Achille,
« Et détruisant d'Argos les murs infortunés,
« Vengera de Pallas les temples profanés,
« Pergame et les héros dont il tient la naissance.
   « Qui pourrait, grand Caton, vous passer sous silence,
« Cossus, et vous Gracchus, au courage indompté,
« Le grand Fabricius fier de sa pauvreté,
« Serranus, de ta main, ensemençant la terre,
« Et les deux Scipions ces grands foudres de guerre,
« Répandant dans l'Afrique et la honte et l'effroi !
« Race des Fabius, qu'exigez-vous de moi ?

« C'est toi sur-tout , c'est toi dont la sage prudence
« De l'empire latin prévient la décadence.
   « D'autres sauront peut-être avec plus d'agrément ,
« Au marbre inanimé donner le sentiment ;
« Même on pourra je crois d'une main plus savante
« Imprimer sur l'airain une image vivante ,
« Charmer un peuple entier par de plus beaux discours
« Ou des astres naissans décrire mieux le cours.
« Toi , romain , par la guerre affermis ta puissance ,
« Range tout l'univers sous ton obéissance ,
« Fais , en dictant la paix , grace aux peuples soumis ,
« Et dompte enfin l'orgueil de tous tes ennemis ,
« A tes nobles destins cette gloire est promise. »
   Avec étonnement Énée écoute Anchise.
« Mon fils , vois ce héros , qui couvert de lauriers ,
« Efface dans ces lieux tous les autres guerriers.
« Reconnais Marcellus. Apprends que ce grand homme
« Doit réparer un jour les désastres de Rome.
« Ses belliqueuses mains triomphant à la fois
« Des peuples de la Gaule et des Carthaginois ,
« Consacreront aux dieux leur dépouille sanglante.
   « Mais quel est ce jeune homme à l'armure brillante, »
Dit le héros Troyen , ses traits sont gracieux ,
« Mais sa vue est baissée et son front peu joyeux.
« Pourquoi de Marcellus suit-il ainsi la trace ,
« Est-ce son fils , mon père , ou quelqu'un de sa race ?
« Une foule nombreuse accompagne ses pas ,
« Mais ses yeux sont voilés des ombres du trépas.
« Crains, dit Anchise en pleurs , que je ne te réponde.
« Ignore , mon cher fils , et la douleur profonde ,

« Et le deuil dont sa mort couvrira tes neveux.

» Le sort un seul instant doit l'offrir à leurs vœux

« Pour trancher aussi-tôt sa belle destinée.

« Rome eut à vos regards paru trop fortunée,

« Grands dieux, si d'un tel don elle avoit pu jouir

« Que de gémissemens ne fera point ouïr

« La plaine consacrée au grand dieu des batailles !

« Et toi, que tu verras de tristes funérailles,

« Tibre, quand sourdement tu traîneras tes flots

« Près la tombe élevée à ce jeune héros !

« Jamais un rejeton de la superbe Troye,

« Ne dut à ses aïeux inspirer tant de joie,

« Jamais de Romulus la puissante cité,

« D'un fils plus accompli ne tira vanité.

« Quel respect pour les dieux et quelle ardeur guerrière !

« Soit qu'attaquant à pied une cohorte entière,

« Ou d'un coursier fougueux ensanglantant les flancs,

« Il eût des ennemis osé rompre les rangs,

« Nul n'eut impunément provoqué sa vaillance.

« Ah ! si tu peux du sort désarmer l'inclémence,

« Enfant si malheureux et si cher aux Romains,

« Tu seras Marcellus. Donnez à pleines mains,

« Et répandons par-tout et le lys et la rose ;

« Que sur sa tombe au moins mon amour les dépose,

« Et remplisse un devoir qui ne le rendra pas «.

Dans les champs fortunés ils poursuivent leurs pas.

Anchise au chef Troyen parle encor de sa race,

De sa future gloire enflamme son audace,

Et ne lui cachant rien, aime à l'entretenir

Des grands combats qu'il doit livrer ou soutenir,

Lui nomme Latinus, les peuples de Laurente,
Et montrant à ses yeux la fortune inconstante,
Lui dit, comme il faut vaincre ou souffrir les revers.
  Deux portes du sommeil s'ouvrent dans les enfers.
L'éblouissant ivoire embellit la première,
Et la corne sans luxe a couvert la dernière.
Celle-ci voit sortir les sages visions,
L'autre les songes vains et les illusions.
Anchise terminant la merveilleuse histoire,
Fait sortir le héros par la porte d'ivoire.
Enée au même instant court joindre ses vaisseaux ;
Soudain la voile s'enfle et la nef fend les eaux.
Vers les murs de Caïète enfin la flotte arrive,
Et dans le port bientôt l'ancre la tient captive.

———————

Pendant la lecture de M. DE LATRESNE*, des Commissaires de l'Académie, précédés d'une musique militaire, apportèrent de l'Eglise de* la Daurade*, une couronne de roses destinée à* CLÉMENCE ISAURE*, et la séance fut terminée par ces paroles que M.* JAMME*, Modérateur, lui adressa, en la couronnant.*

Iᴍᴍᴏʀᴛᴇʟʟᴇ Cʟᴇ́ᴍᴇɴᴄᴇ, reçois cette couronne que nous avions déposée sur l'autel du temple où tes cendres reposent, pour la rendre plus digne de toi. C'est ta patrie qui te l'offre.

J'ai assez vécu, si au bout de ma carrière littéraire j'ai pu contribuer au rétablissement de ton culte, et reconnaître ainsi quelques succès par lesquels tu daignas encourager ma jeunesse.

La suspension de tes libéralités dans un temps de calamité publique, n'a porté aucune atteinte à ta gloire, la munificence du Corps Municipal a secondé ta bienfaisance, les mêmes prix sont consacrés à l'émulation et aux talens.

Les images les plus révérées n'ont pas été à l'abri de l'insulte, les traits des grands hommes gravés sur la marbre et l'airain, n'ont pas été plus respectés, mais au milieu de tant de ruines, ta statue est restée debout, et tu trouves dans les Magistrats actuels, les mêmes sentimens qui la placerent dans le sein du Capitole.

Encore quelques instans, et tu vas jouir enfin du rang que l'autorité souveraine (1) t'a destiné, parmi les hommes illustres, où tu prendras possession de l'immortalité qui t'appartient ; heureuse translation qui va se confondre avec l'érection de la Statue de Nᴀᴘᴏʟᴇ́ᴏɴ, appelée à cette place par la postérité qui a commencé pour lui.

_____

(1) Un édit de 1773 a ordonné la translation de sa statue dans la salle des Illustres, où celle de Sa Majesté l'Empereur et Roi va être placée, en exécution d'une délibération du Conseil de ville.

E

PROGRAMME

DU 3 MAI 1806.

L'ACADÉMIE des Jeux Floraux rétablie sur ses anciennes bases, a célébré sa Fête du 3 Mai avec toute la solennité qu'exigeaient et l'antiquité de cette institution (1) et la circonstance de la victoire d'Austerlitz. En terminant sa Séance, l'Académie a fait annoncer que l'année prochaine, à pareil jour (3 Mai 1807), elle fera, suivant l'ancien usage, la distribution des Prix de Poésie, et d'Éloquence.

Ces Prix sont une Amaranthe d'or de 400 fr. ; une Églantine d'or de 450 fr. ; une Violette d'argent de 250 fr. ; un Souci d'argent de 200 fr. ; un Lis d'argent de 60 fr.

L'Amaranthe est le prix de l'Ode.

L'Églantine, du Discours.

La Violette, du Poëme ou de l'Épître. (2)

---

(1) L'Académie conserve dans ses Registres, la Pièce de Vers qui fut couronnée le 3 Mai 1324. Le Prix était une Violette d'*or fin* : Arnaud Vidal, de Castelnaud'arri, obtint ce Prix appelé la *Joie* de la Violette.

A cette époque, les Troubadours composant le Corps des Jeux Floraux, possédaient un beau jardin qu'ils tenaient, disaient-ils, de leurs *devanciers*. C'est là qu'ils enseignaient le *Gai Savoir*, distribuant des Prix et donnant à ceux qui les remportaient des Lettres de Docteur ou de Bachelier en *Gai Savoir* ou *Gaie Science*. C'est ainsi qu'on appelait la Poésie. Leur Poétique précieusement conservée, la seule qui existât alors, est remarquable en ce qu'elle proscrivait la rencontre des voyelles appelée *bâillement* ou *hyatus*.

(2) Ces deux sortes d'Ouvrages concourent, pour le même Prix. Le Poème doit être d'environ cent Vers ; l'Épître d'environ cent-cinquante.

Le Souci, de l'Élégie, l'Idylle, ou l'Églogue. (3)

Le Lis, d'un Sonnet ou d'un Hymne à la Vierge. (4)

Pour les autres genres de Poésie, les Auteurs ont le choix du sujet.

Le sujet du Discours, pour l'année prochaine, a été ainsi posé :

Quels ont été les effets de la décadence des Mœurs sur la Littérature Française?

Tout Ouvrage qui blesserait les Mœurs, la Religion, ou le Gouvernement, sera rigoureusement exclu du concours.

L'Académie en exclut aussi les Ouvrages qui ne sont que des traductions, ou des imitations ; ceux qui seraient écrits en style Marotique, ou qui auraient quelque chose de burlesque, de satirique ou de trop familier; les Ouvrages déja publiés ; ceux qui auraient été déja présentés aux Jeux Floraux, ou à d'autres Académies ; ceux dont les Auteurs se seraient fait connoître, avant le jugement, ou pour lesquels ils auraient fait solliciter.

Les Auteurs feront remettre, dans les quinze premiers jours de Février 1807, par quelqu'un qui soit domicilié à Toulouse, trois copies lisibles de chaque Ouvrage, à M. Poitevin, ancien Avocat, Secrétaire perpétuel de l'Académie.

Les Ouvrages envoyés directement au Secrétaire perpétuel ne seront point présentés à l'Académie.

Les trois copies de chaque Ouvrage seront désignées

---

(3) Ces trois sortes d'Ouvrages concourent pour le même Prix.

(4) La façon des Fleurs et les autres frais, sont compris dans la somme qui énonce la valeur de chaque Prix.

non seulement par le titre, mais encore par une devise ou sentence que le Secrétaire perpétuel écrira sur son Registre, ainsi que le nom et la demeure du correspondant de l'Auteur.

Si l'Ouvrage obtient un Prix, ce correspondant sera averti à temps, pour que l'Auteur, s il est à Toulouse ou aux environs, puisse venir recevoir ce Prix, et, s'il le juge à propos, lire lui-même son Ouvrage.

Les Auteurs qui ne viendront pas eux-mêmes, doivent envoyer à une personne domiciliée à Toulouse, une procuration en bonne forme, dans laquelle ils se déclarent auteurs des Ouvrages dont les Prix seront réclamés en leur nom.

On ne peut remporter que trois fois chacun des cinq Prix que l'Académie distribue.

Ceux qui auront remporté trois Prix de Poésie, parmi lesquels soit le Prix de l'Ode, et ceux qui auront remporté trois fois le Prix du Discours, pourront obtenir, suivant l'ancien usage, des Lettres de *Maîtres ez Jeux Floraux*, qui leur donneront le droit d'assister et d'opiner avec les Académiciens, aux assemblées publiques et particulières, relatives au jugement des Ouvrages, à l'adjudication et à la distribution des Prix.

Les Auteurs couronnés par l'Académie, pourront en demander une attestation au Secrétaire perpétuel, qui la leur donnera attachée à l'original de chaque Ouvrage, sous le Contre-Scel des Jeux Floraux.

F I N.

www.ingramcontent.com/pod-product-compliance
Lightning Source LLC
Chambersburg PA
CBHW060809180626
46818CB00002B/764